PAUVRE MARJORIE !

Titres de la collection

Titres de la collection

39

PAUVRE MARJORIE !

Quatre gardiennes fondent leur club

Ann M. Martin

Adapté de l'américain par
Sylvie Prieur

Données de catalogage avant publication (Canada)

Martin, Ann M., 1955-

Pauvre Marjorie!

(Les Baby-sitters ; 39)
Traduction de: Poor Mallory!
Pour les jeunes.

ISBN: 2-7625-7454-4

I. Titre. II. Collection: Martin, Ann M., 1955-
Les baby-sitters ; 39.

PZ23.M37Pa 1993   j813'.54   C93-096927-8

Conception graphique de la couverture: Jocelyn Veillette

Poor Mallory!
Copyright © 1990 by Ann M. Martin
publié par Scholastic Inc., New York N.Y.

Version française:
© Les éditions Héritage Inc. 1993
Tous droits réservés

Dépôts légaux: 3e trimestre 1993
Bibliothèque nationale du Québec
Bibliothèque nationale du Canada

ISBN: 2-7625-7454-4   Imprimé au Canada

LES ÉDITIONS HÉRITAGE INC.
300 Arran, Saint-Lambert (Québec) J4R 1K5
(514) 875-0327

*Ce livre est pour
Bonnie Black,
qui sait nous faciliter la vie.
Merci.*

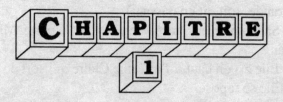

CHAPITRE 1

— Eh bien, on a survécu à une autre journée d'école, dis-je à Jessie. Tu viens à la maison?

— J'aimerais bien, mais je garde Charlotte Jasmin. On se verra à la réunion du Club des baby-sitters.

Tous les jours, nous revenons de l'école ensemble. Après deux ou trois coins de rue, Jessie va de son côté et moi du mien.

— Partir, c'est mourir un peu, déclame Jessie la main sur le front, lorsque vient le moment de nous séparer.

— Nos destinées se croiseront-elles un jour? demandé-je.

— Ouais, demain, répond Jessie en riant. À tantôt!

— C'est ça, à tantôt!

Au fait, je m'appelle Marjorie Picard. Et Jessie, c'est ma meilleure amie. Ma famille et moi, nous habitons une maison de dimension moyenne dans un quartier plutôt modeste de Nouville, une petite municipalité du Québec. Parfois, je souhaiterais que la maison soit un peu plus grande. C'est que, voyez-vous, j'ai sept frères et sœurs.

Mes frères partagent une chambre (deux lits superposés), ma sœur Vanessa et moi, nous en partageons une autre, Claire et Margot dorment dans une troisième, tandis que mes parents occupent la quatrième chambre (qui n'est pas très grande, soit dit en passant).

— Salut, maman! lancé-je en ouvrant la porte. Maman? Maman?

— Elle est en haut, m'informe Claire qui sort de la cuisine. Elle se repose.

Claire, cinq ans, fréquente la maternelle tous les avant-midi. Elle est donc à la maison avant les autres.

— Est-elle malade? demandé-je, inquiète.

— Non… mais…

— Mais quoi?

— Quand nous sommes rentrées, le téléphone sonnait et maman a répondu. Elle n'arrêtait pas de dire: «Oh, non! Oh non!» Quand elle a raccroché, elle a dit qu'elle avait mal à la tête et elle est montée à sa chambre.

— Bon, je vais voir ce qui se passe, dis-je.

Je ne suis pas trop inquiète. Si c'était vraiment grave, la mort d'un de mes grands-parents, par exemple, maman serait en train de faire mille choses à la fois. Elle ne serait pas *étendue* sur son lit.

— Maman? dis-je doucement, dans la porte entre-bâillée.

— Marjorie? Entre, ma chouette.

— Maman… Qu'est-ce qui ne va pas?

— Aussi bien te le dire maintenant, soupire maman. Il faudra aussi prévenir tes frères et sœurs à leur retour de l'école.

Les prévenir? De quoi? Je retourne les paroles de

Claire dans ma tête. Maman a manifestement appris une mauvaise nouvelle.

— Es-tu malade?

— Non, pas du tout. Écoute, je vais te le dire en premier et ensuite, tu pourras m'aider à annoncer la nouvelle à tes frères et sœurs.

— D'accord, dis-je.

— Eh bien, c'est la compagnie pour laquelle ton père travaille. (Papa est avocat et travaille pour une grosse compagnie établie à quelques kilomètres de Nouville.) Tu sais que les affaires vont mal.

Je hoche la tête. Papa ne parle que de ça depuis quelque temps.

— Il paraît que ce matin, le président a annoncé que la moitié du personnel serait mis à pied.

— Tu veux dire congédié? m'exclamé-je. Papa ne peut pas être congédié!

— Ton père pense qu'il sera du nombre. Beaucoup ont trouvé un feuillet rose sur leur bureau depuis que l'annonce a été faite.

— Un feuillet rose?

— C'est en fait un avis de congédiement, explique maman.

— Oh… mais papa n'en a pas encore reçu.

— Non, mais il pense en recevoir un. Vois-tu, il n'a pas autant d'ancienneté que la plupart des cadres.

— Je vois. Ça veut dire qu'il ne travaille pas depuis aussi longtemps que les autres.

— Exactement, petite futée. Bon, il faut descendre maintenant. Les autres sont arrivés. J'entends des bruits de bousculade.

À la cuisine, mes frères et sœurs sont en train de se préparer une collation. Il y a Bernard, Antoine et Joël, les triplets, âgés de dix ans ; Vanessa, neuf ans ; Nicolas, huit ans ; Margot, sept ans ; et Claire, cinq ans. (Quant à moi, j'ai onze ans.)

— Les enfants ? fait maman lorsque nous sommes tous assis autour de la table.

— Ouais, répond Bernard tandis qu'Antoine lance un Cheerio à Nicolas. Ce dernier éclate de rire et s'étouffe avec sa gorgée de lait.

— Les enfants, c'est sérieux.

Du coup, les rires cessent et tous les visages se tournent vers maman. Celle-ci répète alors ce qu'elle m'a confié dans sa chambre.

— Voyons, déclare Vanessa, le travail de papa est bien trop important pour qu'il soit congédié.

— Ouais, papa ne sera pas congédié, ajoute Joël.

— C'est quoi un feuillet rose ? demande Claire.

Patiemment, maman lui explique la signification des feuillets roses.

— J'espère que papa en recevra un ! s'exclame Claire. Comme ça, il pourra rester à la maison et jouer avec moi !

— Ce que tu peux être stupide ! S'il ne travaille pas, on n'aura pas d'argent, réplique Antoine.

— Ouais. On a besoin d'argent pour acheter le manger, les vêtements et toutes sortes de choses, ajoute Nicolas.

Voyant que Claire commence à s'inquiéter, je m'empresse de rassurer tout le monde.

— Mais nous avons des économies, n'est-ce pas, maman ? On pourra utiliser l'argent qui est à la banque.

— Nous avons des économies, en effet, mais pas beaucoup. Elles seront vite épuisées. Il y a l'hypothèque à rembourser, les factures à payer chaque mois. Sans compter que dix bouches à nourrir, ça coûte cher. De plus, cet argent devait servir à payer vos études.

— Papa ne sera pas congédié, répète Joël après de longues minutes de silence.

— C'est vrai, maman, dis-je. Tiens, il est presque seize heures. À l'heure qu'il est, papa le saurait.

— Pas nécessairement, répond-elle en haussant les épaules.

— Mais son travail est important, insiste Vanessa.

— La compagnie emploie plusieurs autres avocats, tous plus âgés que votre père, rétorque maman. Écoutez, les enfants, je ne souhaite pas que votre père perde son travail. Je veux simplement vous préparer au cas où.

— Si papa ne travaille plus, qu'est-ce qui va… changer? demande Claire.

— Il faudra ménager nos sous, répond maman. Nous ne pourrons pas acheter de superflu, ni aller en voyage. Et papa restera à la maison et se cherchera un nouvel emploi. Cela ne le rendra pas heureux.

— Pourquoi donc? veut savoir Margot.

— Parce que ce n'est pas facile de chercher un emploi, surtout quand on a été congédié. Papa va se heurter à des refus. Il sera peut-être obligé de postuler des emplois moins rémunérés que celui qu'il occupait et se fera refuser quand même. C'est un peu comme si vous alliez chez vos amis et que ceux-ci vous disaient qu'ils ne veulent pas jouer avec vous.

— Oh, fait doucement Claire, frappée par cette comparaison.

— Quoi qu'il en soit, conclut maman en se levant, nous nous faisons peut-être du mauvais sang pour rien. Il est possible que votre père rentre à la maison, le sourire aux lèvres. Mais je veux que vous soyez préparés si le pire arrive.

J'ai besoin de réfléchir. Je monte à ma chambre et je m'étends sur mon lit. Qu'est-ce que c'est au juste le « superflu » dont maman parlait ? Les vêtements ? On peut toujours refiler les vêtements des plus grands aux plus petits. Mais qui me passera ses vieux vêtements à moi, l'aînée ? Et pour la nourriture ? Est-ce que ça signifie qu'il n'y aura plus de crème glacée ni de biscuits au chocolat ? Faudra-t-il recourir à l'aide sociale pour joindre les deux bouts ?

Il faut que je parle à Jessie. Dans les mauvais moments... comme dans les bons, je me confie toujours à ma meilleure amie. Mais Jessie garde Charlotte, et les membres du Club des baby-sitters ne se téléphonent pas pendant leurs gardes. Nous prenons notre travail très au sérieux.

Tant pis. Cette fois, c'est une urgence.

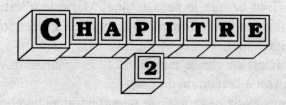

Enfermée dans la chambre de mes parents, je compose le numéro des Jasmin.

— Bonjour, résidence des Jasmin, répond Jessie d'un ton professionnel.

— Salut, Jessie. C'est moi.

— Marjorie ! Ça ne va pas ? Qu'est-ce qui se passe ? (Ma voix a dû trahir mon état d'âme.)

— Maman est très inquiète. Il se peut que papa soit congédié aujourd'hui.

— *Congédié* ? *Ton* père ?

— Ouais, dis-je en lui expliquant la situation de la compagnie. Jessie, je m'excuse de te déranger pendant que tu gardes, ajouté-je une fois mes explications terminées.

— Oh, tu ne me déranges pas vraiment. Charlotte est en train de faire ses devoirs et elle n'a même pas besoin d'aide. (Charlotte est très intelligente. Elle a sauté une année et elle est encore la première de sa classe.)

— Tu ne peux pas savoir comme ça m'inquiète, dis-je. Ce n'est déjà pas drôle de perdre son emploi, mais c'est encore pire quand on a une femme, huit enfants… et un hamster à faire vivre !

— Tout ce que je peux te dire, Marjorie, c'est de ne pas trop t'en faire. Ton père va peut-être garder son emploi, après tout.

— C'est ce que je me dis. Bon, je te laisse travailler. On se voit à la réunion du Club.

Après avoir raccroché, je retourne à ma chambre et je me laisse tomber sur mon lit. J'ai besoin d'être seule. Heureusement, Vanessa n'est pas là.

Fermant les yeux, je pense à Jessie et à mes autres amies du Club des baby-sitters. Si papa perd son emploi, je sens que j'aurai grand besoin d'elles et de leur loyauté. Les Baby-sitters savent s'épauler dans les moments difficiles. Par exemple, nous avons soutenu Claudia quand sa grand-mère est décédée, et Sophie lors du divorce de ses parents.

Je pense qu'il serait bon de vous parler de mes amies pour que vous sachiez quel genre de filles elles sont. Je vais commencer par Jessie Raymond, puisque c'est ma meilleure amie. Jessie et moi, nous nous ressemblons à bien des égards. Nous avons toutes les deux onze ans et nous sommes les plus jeunes membres du Club des baby-sitters. Nous sommes aussi les aînées de nos familles. Cependant, Jessie n'a qu'une sœur de huit ans, Becca, et un petit frère, surnommé Jaja, qui n'est encore qu'un bébé. Malheureusement, nos parents nous traitent comme des enfants et non comme des adolescentes mûres et responsables. Claudia dit que onze ans, c'est un âge critique parce que les parents sont incapables de décider si on est encore des bébés ou non. Par exemple, j'ai eu la permission de me faire percer les oreilles, mais papa et maman refusent de me laisser porter des lentilles cornéennes. Résultat, je dois porter d'affreuses lunettes. Et comme si ça ne suffisait pas, je porte aussi un appareil orthodontique.

Quoi qu'il en soit, Jessie et moi aimons beaucoup la lecture et les histoires de chevaux. En plus, j'adore écrire et dessiner. D'ailleurs, je consigne dans mon journal toutes mes pensées les plus intimes. Plus tard, j'espère devenir auteure et illustratrice de livres pour enfants. Jessie aime écrire, elle aussi, mais sa véritable passion, c'est le ballet. Jessie est déjà une grande ballerine. Elle fait des pointes et étudie dans une école de ballet renommée. Elle a dansé plusieurs fois en public et a même tenu des premiers rôles.

Ce qui nous différencie toutes les deux, c'est la couleur de notre peau. Jessie est noire et moi, je suis blanche. Ce détail n'a pas d'importance ni pour nous ni pour les autres membres du CBS. Cependant, ce n'était pas le cas pour bien des gens de Nouville qui, au début, avaient trop de préjugés pour accepter une famille noire au sein d'une communauté presque entièrement blanche.

Qu'est-ce que je peux dire d'autre sur Jessie ? Elle est jolie, elle a de longs cils et de très longues jambes de ballerine. Elle réussit bien à l'école, et elle vit avec ses parents, son frère, sa sœur et sa tante Cécile qui aide à tenir la maison.

Passons maintenant aux autres membres du CBS. La présidente du Club est Christine Thomas. (Jessie et moi sommes des membres juniors vu que nous sommes trop jeunes pour garder le soir.) Christine vit avec sa mère, ses deux frères aînés, Charles et Sébastien, son frère cadet David, son beau-père Guillaume, sa petite sœur adoptive Émilie, et sa grand-mère, Nanie. Mais ce n'est pas tout. Les enfants de Guillaume, Karen sept ans, et André cinq ans, qui vivent avec leur mère, passent une fin de semaine sur deux chez leur père.

Peu de temps après la naissance de David, le père de Christine a abandonné sa famille, laissant madame Thomas élever seule ses quatre enfants. Un jour, madame Thomas a rencontré Guillaume Marchand. Ils sont tombés amoureux l'un de l'autre et se sont mariés. Guillaume est millionnaire et habite un manoir dans le quartier huppé de Nouville. Toute la famille Thomas, qui habitait en face de chez Claudia, a donc déménagé ses pénates à l'autre extrémité de la ville. Christine s'est fort bien adaptée, surtout si l'on considère qu'au début, elle n'aimait pas Guillaume.

Christine est du genre garçon manqué. Elle adore les sports et est même l'entraîneur de sa propre équipe de balle molle, les Cogneurs de Christine, une équipe qui regroupe les enfants trop jeunes ou trop timides pour faire partie d'une petite ligue. Christine porte toujours la même chose : jeans, col roulé, espadrilles, et un chandail quand il fait froid. Elle est un peu moins vieille de caractère que les filles de son âge, ce qui ne l'empêche pas d'avoir un bon copain. Il dirige une équipe de balle molle rivale, les Matamores, et se nomme Marc.

Christine est la plus petite de sa classe. Elle a les cheveux et les yeux bruns. C'est également la seule des membres plus âgées du Club qui ne porte pas encore de soutien-gorge. Quand elle veut, c'est un vrai petit gendarme. De plus, elle n'a pas la langue dans sa poche. Nous l'aimons beaucoup. Elle est drôle, elle a toujours plein d'idées et elle sait s'y prendre avec les enfants.

Claudia Kishi est la vice-présidente du Club. Elle et Christine sont aussi différentes que le jour et la nuit. Claudia a une personnalité aussi ouverte, mais elle est moins directe. Elle porte des tenues flamboyantes et des bijoux qu'elle fabrique elle-même. Naturellement, elle a les oreilles percées. Une de ses oreilles est même percée à deux endroits !

Claudia est une artiste. Elle a un talent fou. Elle sait peindre, dessiner, sculpter, et connaît toutes les techniques en arts plastiques. Ses autres passions sont les friandises et les polars. Comme ses parents n'approuvent ni l'une ni l'autre, Claudia en est réduite à cacher ses livres, ses chocolats, ses croustilles et ses biscuits un peu partout dans sa chambre.

Claudia vit avec ses parents et sa sœur aînée, Josée, le génie de la famille. Contrairement à sa sœur, Claudia n'est pas très studieuse et ses résultats scolaires s'en ressentent.

Claudia est d'origine japonaise. Elle a de longs cheveux noirs et soyeux qu'elle coiffe de toutes sortes de façons, des yeux en amande et une peau absolument parfaite. (Malgré toute la camelote alimentaire qu'elle ingurgite !)

La meilleure amie de Claudia est Sophie Ménard, la trésorière du CBS. Sophie est aussi sophistiquée que Claudia, et même plus. Sa vie familiale se compare un peu à celle de Christine en termes de bouleversements. Sophie a grandi à Toronto. Puis juste avant le secondaire I, son père a été muté au Québec. Sophie et ses parents se sont installés à Nouville (Sophie est enfant unique). Moins d'un an plus tard, le père de Sophie a été muté de nouveau… à Toronto! Là-bas, le mariage des Ménard a commencé à s'effriter et avant même que Sophie puisse se rendre compte de quoi que ce soit, ses parents divorçaient. Mais ce n'est pas tout. Sophie a dû choisir entre son père qui voulait rester à Toronto et sa mère qui voulait revenir à Nouville. Heureusement pour nous, elle a opté pour la vie à Nouville avec sa mère. Cependant, elle va souvent visiter son père à Toronto.

Sophie s'habille de façon aussi excentrique que Claudia et elle a des cheveux blonds permanentés. Elle porte aussi du vernis à ongles brillant et des boucles d'oreilles que Claudia lui confectionne.

Sophie est jolie, mais à mon avis, elle est trop mince. C'est que voyez-vous, elle est diabétique. Elle doit donc se donner des injections d'insuline tous les jours (ouach!), surveiller tout ce qu'elle mange et compter ses calories. Pauvre Sophie! Les filles et moi on s'inquiète un peu à son sujet car ce n'est pas la grande forme ces derniers temps.

Les autres membres sont Anne-Marie Lapierre et Diane Dubreuil. Anne-Marie est la secrétaire du Club et la meilleure amie de Christine. Elle a une autre meilleure amie: Diane. Tout comme Sophie et Jessie, Diane est une nouvelle venue à Nouville. Originaire de la Californie, elle est arrivée ici au milieu du secondaire I, après le divorce de ses parents, avec sa mère et son frère. En peu de temps, Anne-Marie et Diane se sont liées d'amitié. Elles ont même découvert que le père d'Anne-Marie et la mère de Diane (originaire de Nouville) sortaient ensemble lorsqu'ils étaient adolescents. Comme la mère d'Anne-Marie est décédée lorsque cette dernière n'était encore qu'un bébé, les deux filles ont décidé de faire se rencontrer leurs parents à nouveau. Et Cupidon a fait le reste. Après d'interminables fréquentations, monsieur Lapierre et madame Dubreuil se sont mariés! Diane et Anne-Marie sont maintenant demi-sœurs et toute la nouvelle famille, y compris Tigrou, le chat d'Anne-Marie, vit dans la vieille maison de ferme des Dubreuil. Malheureusement, Julien, le frère de Diane, est allé rejoindre son père en Californie. Il n'arrivait pas à s'adapter à Nouville.

Bien que Anne-Marie et Diane soient de grandes amies, elles sont très différentes l'une de l'autre. Anne-Marie est timide et plutôt renfermée. C'est une grande romantique et la première membre du CBS à avoir un petit ami. (C'est Louis Brunet. Il vient du Nouveau-Brunswick. Il est beau et amusant.) Auparavant, le père d'Anne-Marie était incroyablement sévère avec elle. Il choisissait même ses vêtements. Heureusement, il a beaucoup ramolli. Anne-Marie s'habille maintenant très bien, d'autant plus qu'elle et Diane peuvent s'échanger leur garde-robe. Anne-Marie est petite, elle a les yeux et les cheveux bruns et elle ressemble à Christine!

Diane, notre beauté californienne, a de longs cheveux blonds et des yeux bleus pétillants. Elle ne possède ni la timidité d'Anne-Marie, ni la langue bien pendue de Christine. Diane, c'est Diane, une individualiste qui a son style bien à elle. C'est une naturiste convaincue qui ne toucherait pas à un gramme de viande avec une perche de trois mètres. Elle raffole des mystères et des histoires de fantômes. Elle s'ennuie de son père et de Julien… et de la Californie. Par bonheur, elle aime Nouville et sa nouvelle famille.

Voilà donc mes amies, celles vers qui je me tournerais en cas de catastrophe. Si papa perdait son emploi, par exemple. Mais pas question que ça se produise !

D'ailleurs, mes frères et sœurs semblent, eux aussi, émettre des ondes positives.

— Je vous vois au souper, dis-je en m'en allant à la réunion du CBS. Je suis certaine que nous aurons de bonnes nouvelles !

— Absolument, répond Joël.

— Naturellement, ajoute Vanessa. Papa ne peut pas être congédié.

CHAPITRE 3

Il est dix-sept heures vingt quand j'arrive chez Claudia. Les réunions du CBS commencent à dix-sept heures trente pile.

— Salut, Claudia, dis-je d'un ton joyeux en entrant dans sa chambre.

Si j'ai un ton joyeux, c'est parce que plus ça va, plus je me dis qu'il n'arrivera rien de fâcheux à ma famille.

— Salut ! répond Claudia. Qu'est-ce que tu as envie de grignoter, aujourd'hui ?

— Des caramels ?

— Excellent choix ! s'exclame Claudia en ouvrant son coffret à bijoux.

Les autres membres arrivent une à une et à dix-sept heures vingt-neuf, Sophie est assise à califourchon sur la chaise de Claudia, tandis que Anne-Marie, Diane et Claudia prennent place sur le lit. Jessie et moi occupons nos places habituelles, par terre. Quant à Christine, elle est installée dans le fauteuil, sa visière sur la tête, un crayon sur une oreille et le journal de bord sur les genoux.

— À l'ordre, s'il vous plaît! La réunion commence! annonce Christine à dix-sept heures trente précises.

Vous l'avez certainement deviné, la chambre de Claudia est le quartier général du Club. Nous nous y rencontrons trois fois par semaine, les lundi, mercredi et vendredi, de dix-sept heures trente à dix-huit heures. Les clients nous appellent pendant ces réunions pour réserver nos services.

C'est Christine qui a eu l'idée de fonder ce Club au début du secondaire I, tout juste après l'arrivée de Sophie à Nouville. À cette époque, la mère de Christine n'était pas mariée avec Guillaume Marchand et les Thomas habitaient la même rue que Claudia et Anne-Marie. Christine et ses frères aînés gardaient David à tour de rôle après l'école. Naturellement, certains après-midi, les trois étaient tous occupés et madame Thomas devait se lancer dans la chasse aux gardiennes.

C'est alors que Christine a eu une idée de génie. Ce serait épatant si sa mère pouvait rejoindre plusieurs gardiennes en ne faisant qu'un seul appel! Elle a donc invité Anne-Marie et Claudia à former le Club des baby-sitters. Après avoir estimé qu'il fallait au moins une quatrième membre, elles ont demandé à Sophie, une nouvelle amie de Claudia, de se joindre à elles.

Ensuite, les filles ont convenu d'un lieu de réunion. La chambre de Claudia constituait un choix logique puisque cette dernière possède sa propre ligne téléphonique. Ensuite, elles ont fait de la publicité et dès la première réunion, les gens ont commencé à appeler. Vers janvier, les affaires du Club étaient tellement prospères que les filles ont recruté Diane, qui venait tout juste d'arriver à Nouville. Lorsque Sophie et sa famille sont retournées à Toronto, les filles nous ont demandé, à Jessie et à moi, de faire partie du Club. Naturellement, Sophie a repris sa place à son retour à Nouville. Le Club compte maintenant sept membres.

En tant que présidente, Christine dirige les réunions (de façon très officielle). Elle pense à toutes sortes de moyens de rendre le Club efficace et original. Par exemple, c'est elle qui a eu l'idée de l'agenda, du journal de bord et des trousses à surprises. Le journal de bord est en fait un cahier dans lequel nous relatons nos gardes et nos expériences. Même si c'est parfois assommant, nous reconnaissons toutes que c'est nécessaire et efficace. Chaque membre est tenue de lire le journal une fois par semaine. Ainsi, nous apprenons comment nos amies ont résolu certains problèmes et nous savons si un enfant a développé une phobie quelconque, s'il a des problèmes à l'école, et ainsi de suite. Les trousses à surprises sont des boîtes que nous avons décorées et remplies de nos anciens jouets, de jeux et de livres. Les enfants en raffolent.

Claudia a été nommée vice-présidente, principalement parce que nous envahissons sa chambre trois fois par semaine et que nous épuisons ses réserves de friandises. Cependant, elle répond aussi aux appels que nous recevons en dehors des heures de réunion et elle doit alors s'occuper elle-même d'attribuer ces gardes.

Mais la véritable responsable de l'attribution des gardes, c'est Anne-Marie, notre secrétaire. Elle a également la charge de l'agenda dans lequel sont consignées toutes les coordonnées de nos clients, les montants qu'ils nous versent, et, le plus important de tout, il lui faut jongler avec les horaires de chacune. En effet, il y a les leçons de ballet de Jessie, mes rendez-vous chez l'orthodontiste, les séances d'entraînement des Cogneurs de Christine, et ainsi de suite. Mais Anne-Marie est extrêmement minutieuse et elle fait un excellent travail.

À titre de trésorière du Club, Sophie comptabilise nos gains. (C'est pour notre propre information car nous ne partageons pas nos gains.) Tous les lundis, elle perçoit les cotisations qui sont versées à la petite caisse du Club. Cet argent sert à dédommager Charles qui conduit Christine aux réunions depuis qu'elle habite à l'autre extrémité de la ville ; à payer une partie du compte de téléphone de Claudia ; à acheter des fournitures pour les trousses à surprises ; et à nous procurer des gâteries pour les fêtes ou les pyjamades. Sophie fait une excellente trésorière : elle a la bosse des maths et elle adore l'argent ! Comme elle tient les cordons de la bourse très serrés, il faut avoir une bonne raison pour lui soutirer quelques dollars.

Diane est notre suppléante, c'est-à-dire qu'elle remplace les membres qui sont absentes aux réunions pour une raison ou pour une autre. Mais comme nous ne manquons pas souvent de réunions, elle n'a pas vraiment de travail.

Quant à Jessie et moi, nous sommes des membres juniors, ce qui signifie que nous sommes trop jeunes pour garder en soirée, sauf s'il s'agit de nos frères et sœurs. Mais comme nous prenons beaucoup de gardes l'après-midi et les fins de semaine, ça libère les autres pour les soirées.

Il y a aussi deux autres membres associés qui n'assistent pas aux réunions. Nous faisons appel à leurs services lorsque nous sommes débordées. Et croyez-le ou non, cela arrive de temps à autre ! Les membres associés sont Chantal Chrétien, une amie de Christine (elle habite en face de chez elle) et… Louis Brunet, le petit ami d'Anne-Marie.

La réunion se déroule normalement et pendant un certain temps, je suis en mesure d'oublier la mauvaise nouvelle qui m'attend peut-être à la maison.

— Y a-t-il quelque chose de spécial ? demande Christine.

— Jeanne Prieur va bientôt avoir un petit frère ou une petite sœur ! annonce aussitôt Diane.

On voit bien qu'elle gardait ce secret depuis déjà un bon moment. Probablement depuis qu'elle a gardé Jeanne, lundi soir.

— Madame Prieur attend un bébé et tu ne me l'as même pas dit ? s'exclame Anne-Marie. (Anne-Marie est la seule qui soit capable de supporter Jeanne. Il faut préciser que cette dernière est une enfant de quatre ans, terriblement gâtée. Je n'ai pas l'impression qu'elle sera ravie de partager ses choses… et ses parents.)

— Ça valait la peine de garder le secret rien que pour voir la tête que vous faites ! répond Diane. De plus, les Prieur connaissent déjà le sexe du bébé. Ce sera…

— Ne le dis pas ! crié-je. J'aime bien les surprises, moi.

— Moi aussi, répondent les autres, sauf Anne-Marie.

— Je te le dirai ce soir, dit Diane à sa demi-sœur.

— D'accord, convient celle-ci.

Sur ces entrefaites, le téléphone sonne et Diane répond.

— Club des baby-sitters, bonjour!... Oh, bonjour! Pour un mois? D'accord, je vérifie auprès d'Anne-Marie et je vous rappelle dans quelques minutes. C'était madame Demontigny, annonce Diane après avoir raccroché. (Les Demontigny habitent le même quartier huppé que Christine et ils ont deux enfants, Amanda, huit ans, et Maxime, six ans.) Elle retourne sur le marché du travail et doit suivre un cours de perfectionnement en immobilier. Elle aura besoin d'une gardienne les lundis, mercredis et vendredis, de quinze heures trente à dix-sept heures pendant tout le *mois*!

— Fichtre! Ce ne sera pas facile à organiser, remarque Anne-Marie en consultant l'agenda. Mais non, ça va. Marjorie et Christine, vous êtes libres.

— Prends-le, Christine, dis-je. Ce sera moins compliqué puisque tu habites la même rue que les Demontigny.

C'est donc Christine qui hérite de cette garde. Connaissant Christine, elle considère certainement que la réunion a été des plus fructueuses.

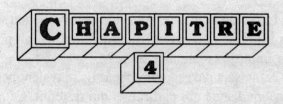

CHAPITRE 4

— Tu as des nouvelles ? me demande Jessie à voix basse, en sortant de chez Claudia après la réunion.

Je secoue la tête, soulagée que Jessie n'ait pas abordé le congédiement possible de mon père pendant la réunion. Elle sait faire preuve de discrétion quand c'est nécessaire.

— Papa sera déjà arrivé quand je rentrerai, dis-je. Je te donnerai un coup de téléphone ce soir pour te dire ce qu'il en est.

— D'accord. D'ici là, je garde les doigts croisés. À tantôt !

— À tantôt ! dis-je à mon tour lorsque nous nous séparons.

Pédalant à toute vitesse, je me répète que papa-ne-sera-pas congédié, pas-congédié, pas-congédié. Enfin, la maison. J'enfile dans l'allée de garage et je cours jusqu'à l'intérieur de la maison. Toute la famille est rassemblée au salon et pas besoin d'être devin pour constater que l'ambiance n'est pas à la fête.

— Oh, papa, dis-je doucement.

— Je suis désolé, s'excuse mon père.

— Tu n'as pas à t'excuser. Ce n'est pas ta faute.

— Il a reçu un feuillet rose, déclare Claire. À dix-sept heures !

— Les salauds ! dis-je. Pourquoi ont-ils attendu si long-temps avant de t'en aviser ? Pourquoi ont-ils fait poireau-ter les employés toute la journée ?

— Je ne sais pas, soupire papa. Ils n'avaient peut-être pas encore décidé qui partirait et qui resterait. Ce ne sont pas des décisions faciles à prendre.

— Eh bien, ça ne m'empêchera pas de penser que les directeurs de cette compagnie sont des ordures !

— Écoute, fait papa avec colère, j'ai été congédié, un point c'est tout. Je n'ai plus envie d'en discuter.

— D'accord, je m'excuse, dis-je, surprise.

Papa et maman n'ont pas l'habitude de nous parler sur ce ton. Surtout papa qui est normalement doux et compré-hensif.

— Allons manger, maintenant, suggère maman.

— On devrait peut-être sauter un repas pour économi-ser la nourriture, suggère Nicolas.

— Pour l'amour du ciel, nous ne sommes pas des misé-reux ! rétorque papa.

Le repas, comme vous pouvez l'imaginer, n'est pas des plus gais. Pour une fois, la tribu Picard au grand complet est silencieuse. Heureusement, maman rompt ce silence.

— Bon, les enfants, nous avons un problème et nous devons trouver des solutions. Nous formons une famille et si chacun y met du sien, nous traverserons cette mau-vaise période.

— Ça veut dire quoi y mettre du sien? demande Margot.

— Cela veut dire que chacun devra faire sa part et accepter certains changements. Premièrement, il n'y aura pas de superflu pendant un certain temps. Autrement dit, pas de nouveaux vêtements, à moins que cela ne soit nécessaire. Pas de nouveaux jouets non plus. Vous en avez déjà plus qu'il n'en faut. Cela signifie également que nous devrons surveiller davantage ce que nous mettrons dans le panier d'épicerie. (Je le savais! Adieu pizza, crème glacée et biscuits au chocolat!) De plus, je vais aller travailler.

— *Toi*? s'exclame Antoine.

— Eh oui. Je peux faire du travail de bureau et je me débrouille très bien en traitement de texte. Je vais donc m'inscrire auprès d'une agence de placement de personnel et je travaillerai seulement lorsque des compagnies auront besoin de mes services. Il y aura donc des jours où je serai à la maison et d'autres, non. Marjorie, si je travaille et que ton père est convoqué à une entrevue, je te demanderai donc de garder gratuitement. C'est compris?

— Bien sûr, dis-je, heureuse de pouvoir aider de quelque façon que ce soit.

— Oh, j'allais oublier, ajoute maman. Je suis désolée de vous dire cela, mais il faudra oublier vos allocations jusqu'à ce que notre situation financière soit moins précaire.

— Pas d'allocation!? répète Bernard. Oh, maman!

— Désolée, mon chou, de dire maman.

— Je comprends, réplique aussitôt Bernard en jetant un coup d'œil vers papa.

Ce dernier n'a pas dit un seul mot depuis que maman a pris la parole. Il semble en colère. Je ne comprends pas pourquoi. Nous démontrons pourtant de la bonne volonté. Maman va travailler et j'ai accepté de garder mes frères et sœurs gratuitement. De plus, personne n'a rouspété en apprenant la coupure d'allocations. J'aurais cru que papa serait fier ou content de nous. Mais il n'a pas l'air de l'être, et ça me déconcerte.

Je suis tellement absorbée dans mes pensées que je sursaute en entendant sa voix.

— Les enfants ?

— Oui ? répondons-nous ensemble.

— Je m'occuperai de vous et de la maison quand votre mère sera… sera au travail. Je compte sur votre collaboration.

— Je ne travaillerai probablement que quelques jours par semaine, intervient maman comme si elle voulait s'excuser.

— Exactement, de dire papa sèchement.

Une fois le repas terminé, nous aidons à débarrasser la table et à ranger la cuisine. Puis, nous montons silencieusement à l'étage.

— Tout le monde dans ma chambre, dis-je à voix basse.

Moins d'une minute plus tard, nous nous retrouvons tous dans la chambre que nous partageons, Vanessa et moi.

— Bon, dis-je, je convoque une réunion d'urgence du Club Picard.

— C'est quoi le Club Picard ? demande Claire qui voudrait plus que tout au monde faire partie du Club des baby-sitters.

— C'est nous, dis-je. Et nous allons nous réunir ainsi

de temps à autre pendant que papa est sans emploi pour parler de certaines choses.

— Quelles choses? veut savoir Nicolas.

— Eh bien, nous allons essayer de trouver des moyens d'économiser l'argent... On pourra aussi parler de ce qui nous effraie, dis-je à tout hasard.

Je sais que tout le monde a peur mais que personne n'a osé l'exprimer.

— J'ai peur de papa, avoue soudain Margot d'une petite voix. Il a crié après nous ce soir, et je pense qu'il est en colère contre maman.

— Il *semblait* fâché contre maman, mais je pense qu'il est plutôt fâché contre lui-même, ou qu'il a honte, même s'il n'a pas de raison d'avoir honte.

— Si on pensait à des façons d'économiser, suggère Bernard.

— On pourrait commencer par éteindre les lumières quand on n'en a pas besoin, lance Nicolas.

— Excellente idée, dis-je. On réduirait probablement la facture d'électricité en faisant attention. On oublie toujours d'éteindre la chaîne stéréo. On pourrait moins regarder la télé et moins écouter la radio.

— Et si on utilisait des serviettes de table en tissu au lieu d'en utiliser en papier, on n'aurait plus besoin d'acheter de serviettes de papier, de dire Vanessa.

— On pourrait aussi se moucher avec un seul kleenex au lieu d'en prendre deux, ajoute Claire.

— Vous avez tous de bonnes idées, dis-je en souriant. Vous voyez de quoi est capable le Club Picard! En nous creusant un peu la cervelle, nous trouverons plein de trucs pour économiser.

La première réunion du Club Picard prend fin quelques minutes plus tard. Chacun a des devoirs à faire. Cependant, au lieu de commencer les miens, je téléphone à Jessie.

— Mon père a perdu son emploi, dis-je à voix basse.

— Ce n'est pas vrai ! glapit Jessie à l'autre bout du fil. C'est épouvantable ! Marjorie, est-ce que je peux faire quelque chose pour t'aider ?

— Non… pas vraiment, dis-je après quelques secondes. J'ai seulement besoin que tu sois là. Tu sais, mes frères et sœurs comptent beaucoup sur moi.

— Tu me trouveras toujours à tes côtés, me dit Jessie d'un ton solennel.

— Je te remercie. On se voit demain. Bonsoir, Jessie.

— Bonsoir, Marjorie.

CHAPITRE 5

Vendredi. Ça fait deux jours que mon père a perdu son emploi. Maman s'est inscrite auprès d'une agence de placement, mais on ne l'a pas encore appelée. Papa s'est lancé dans la recherche d'emploi sans perdre un instant. Il y met tant d'énergie que c'est plus fatigant que son vrai travail.

Mes parents ne semblent pas plus heureux qu'ils ne l'étaient mercredi soir. Les repas sont de véritables supplices: papa est constamment de mauvaise humeur, maman passe son temps à l'excuser et comme nous ne savons plus trop quoi dire, nous gardons le silence. Ni papa ni maman ne semblent avoir remarqué la campagne d'économie que nous avons amorcée, même si la maison est passablement silencieuse sans télé ni radio. Je crois qu'ils sont encore sous le choc.

Dès vendredi, mes amies sont au courant de la situation. Mes parents n'ont pas interdit de parler du congédiement et, de toute façon, je n'ai pas de secret pour les membres du CBS. Lorsque j'arrive chez Claudia, cet après-midi, toutes me demandent des nouvelles de mon père et du climat qui règne à la maison.

J'ai le temps de répondre que ça va et Christine ouvre officiellement la réunion.

— Y a-t-il quelque chose de spécial? demande-t-elle. Puis, sans attendre, elle répond elle-même à sa question. Je propose que Marjorie prenne la garde chez les Demontigny, si madame Demontigny ne s'y oppose pas, bien entendu. Tu n'as jamais gardé les petits Demontigny, n'est-ce pas, Marjorie?

Je secoue la tête. Pourquoi Christine veut-elle me confier cette garde?

— J'appuie la proposition, dit Claudia.

— Moi aussi, ajoute Diane.

— Hé, un instant! Qu'est-ce qui se passe? demandé-je. Christine, tu ne peux pas prendre ce travail?

— Oh, je peux le prendre, mais je pense que tu en as plus besoin que moi.

Christine s'interrompt, craignant probablement de m'avoir offensée.

— Je ne t'ai pas blessée, Marjorie?

— Non, pas du tout. Je suis plutôt surprise. Et... et... merci, Christine, dis-je simplement. Non! Ne téléphone pas à madame Demontigny tout de suite. Comment vais-je me rendre jusque chez elle tous les jours? Je n'ai pas la permission d'aller si loin à bicyclette et ce n'est certainement pas le temps de demander à mes parents de m'y conduire.

— Ne t'en fais pas, tout est arrangé, répond Christine en affichant un large sourire. Madame Demontigny a besoin d'une gardienne les lundis, mercredis et vendredis, jours de réunion du Club. Ces jours-là, tu vas prendre l'autobus avec moi après l'école, garder les Demontigny et revenir avec Charles et moi, chez Claudia. Charles pourra même te déposer chez toi au retour puisque tu n'auras pas ta bicyclette.

— Je propose qu'on offre à Marjorie toutes les gardes qu'elle peut prendre, dit Claudia.

— Absolument, convient Sophie. Marjorie aura la priorité sur toutes les gardes en après-midi et les fins de semaine.

— Marjorie? fait Jessie. Marjorie?

Incapable de répondre quoi que ce soit, j'essaie désespérément de retenir mes larmes. Finalement, je réussis à retrouver ma voix.

— Merci, les filles. Je… vous êtes…

— Arrête! s'écrie Anne-Marie, sinon, je vais me mettre à pleurer.

— J'appelle madame Demontigny, déclare Christine sur un ton de chef d'entreprise.

Madame Demontigny accepte le changement de gardienne sans même poser de questions. Il faut dire qu'elle fait confiance au CBS.

— C'est super, dis-je, une fois remise de mes émotions. J'ai décidé d'aider papa et maman en leur donnant une bonne partie de mes gains. Je vais quand même en garder un peu pour moi au cas où j'aurais besoin de quelque chose.

Le téléphone sonne sur ces entrefaites. Madame Prieur veut faire garder Jeanne jeudi prochain.

— Cette garde est à toi seulement si tu veux la prendre,

Marjorie, me dit Anne-Marie. Je sais ce que tu penses de Jeanne. Je la garderai si tu n'as pas envie d'aller chez les Prieur.

— Non, je vais la prendre, dis-je. Je n'ai pas les moyens de faire la difficile en ce moment.

En disant cela, j'ai l'impression d'être un soldat qui se porte volontaire pour exécuter une mission dangereuse. Puis, je pense que je vais être riche avec toutes ces gardes! Mais je reviens vite sur terre. Ce n'est pas avec mes gains que l'on pourra nourrir une famille de dix personnes.

Le téléphone sonne à plusieurs reprises et d'autres gardes sont attribuées. Après le dernier appel, Claudia sort un sac de croustilles de dessous son oreiller et le passe à la ronde.

— Hé, Jessie et Marjorie, vous savez ce qui est arrivé au dîner? demande Claudia.

— Quoi? (Il faut préciser que Jessie et moi, nous ne mangeons pas en même temps que les élèves de secondaire II.)

— Doris Dufort s'est évanouie!

— Ça alors! s'exclame Jessie.

Mais moi, je n'écoute plus. Je pense à ce qui s'est produit pendant *notre* période de dîner.

— Marjorie?… Marjorie? fait Claudia. Base terrestre appelle Marjorie. Base terrestre appelle Marjorie.

— Oh, excuse-moi, dis-je.

— Il y a quelque chose qui cloche? demande Diane.

Je regarde Jessie. Elle est au courant.

— C'est juste que… Eh bien, vous connaissez Louise Leblanc?

— Je la connais un peu de réputation, répond Christine. Ce n'est pas la personne la plus aimable sur terre. Elle se spécialise dans le harcèlement des personnes sans défense.

— Eh bien, elle a choisi la bonne personne, dis-je. Jessie et moi, nous étions en train de manger tranquillement quand elle s'est arrêtée à notre table et m'a dit: «J'ai entendu dire que ton père avait été congédié. Il a volé la compagnie pour laquelle il travaillait?»

— J'espère que tu as démenti ces accusations! s'exclame Sophie, outrée.

— J'ai essayé, mais Louise était avec Nancy O'Neil.

— Très mauvaise association, ajoute Jessie.

— En effet, dis-je. Les deux se tordaient de rire et n'arrêtaient pas de répéter que *leur* père n'avait jamais été congédié. Ensuite, elles sont allées s'asseoir avec Valérie et Rachel, et les *quatre* ont commencé à parler de moi. Je le sais parce qu'elles se retournaient sans cesse pour me regarder. Le moins qu'on puisse dire, c'est qu'elles n'étaient pas très subtiles.

— Je croyais que Valérie et Rachel étaient tes amies, remarque Christine.

— C'est ce que je croyais, moi aussi.

— Comme c'est mesquin! s'écrie Anne-Marie. D'après ce que vous avez dit de Louise Leblanc, son attitude ne me surprend pas. Mais qu'est-ce qui leur a pris, à Valérie et Rachel?

— Je ne sais pas. Heureusement que ce ne sont pas de grandes amies parce que je me sentirais comme une moins que rien. Je suis seulement... blessée.

— Et avec raison! rétorque Jessie. Elles ont été cruelles.

— Je me demande pourquoi certaines personnes se complaisent à faire du mal aux autres, dis-je.

— Je ne sais pas, répond Jessie. Louise est peut-être née comme ça.

— Valérie et les autres riaient peut-être parce qu'elles ont peur, intervient Anne-Marie. Vous savez, certaines personnes se valorisent en tourmentant les autres. Ces filles se moquaient peut-être de toi, Marjorie, pour oublier que leurs parents ne sont pas à l'abri de ce qui est arrivé à ton père.

— Peut-être, dis-je.

C'est une théorie très valable, mais qui ne me réconforte pas tellement.

— Eh bien, ne t'inquiète pas à notre sujet, Marjorie, de dire Sophie. Nous sommes toutes avec toi.

— Pour le meilleur et pour le pire, ajoute Claudia.

— Les membres du CBS sont toujours loyales les unes envers les autres, déclare Christine. J'aimerais bien pouvoir donner une petite leçon à cette Louise Leblanc. Et à Valérie et Rachel aussi.

— Christine, ce n'est pas le moment de partir en guerre, avise Anne-Marie.

— Ne t'inquiète pas, réplique Christine.

— Vous êtes fantastiques, dis-je d'une voix émue.

— Je t'en prie, ne pleure pas! supplie Anne-Marie.

Sur ce, nous éclatons de rire. Cependant, juste avant la fin de la réunion, je ne peux m'empêcher de leur redire que ce sont les meilleures amies que l'on puisse avoir.

— Courage, Marjorie, me souffle Diane. Tout va s'arranger.

Sur le chemin du retour, je pense à cette phrase de

Diane et je sais qu'elle a raison. Mais je me demande *comment* ça va s'arranger.

CHAPITRE 6

— Premièrement, dit Christine, ils adorent mettre les nouvelles gardiennes à l'épreuve. Ne les laisse pas te donner d'ordres.

Dans l'autobus qui nous amène chez Christine, celle-ci me donne quelques conseils sur la façon d'aborder les jeunes Demontigny.

— Mais, Christine…

— Je sais que tu es une bonne gardienne, Marjorie, et que tu sais comment t'y prendre avec les enfants. Mais, Amanda et Maxime sont quelque peu « différents ».

— D'accord, dis-je, plus ou moins convaincue.

Je n'ai encore jamais rencontré d'enfant vraiment difficile. Il faut dire cependant que je n'avais encore jamais reçu une telle mise en garde, non plus.

— Si tu as des problèmes, appelle-moi, lance Christine lorsque nous descendons de l'autobus.

— D'accord, dis-je, même si je sais très bien que je ne le ferai pas. À tantôt !

— À tantôt… et bonne chance avec Amanda et Maxime !

Bonne chance !? Mais dans quelle galère me suis-je embarquée ?

Devant la porte des Demontigny, j'hésite une seconde, puis je sonne. Quelques secondes plus tard, la porte est ouverte par une femme élégante.

— Marjorie ? demande-t-elle en souriant.

— Oui, c'est moi. Vous êtes madame Demontigny ?

— Oui. Entre.

Il faut vous dire que de l'extérieur, la maison ressemble aux autres grosses résidences du quartier. Cependant, à l'intérieur, c'est une tout autre histoire ! Ici, pas de jouets, d'espadrilles ni de vieux journaux qui traînent un peu partout.

La première chose que j'aperçois en entrant, c'est une *fontaine*. Une véritable fontaine en forme de poisson en équilibre sur sa queue et qui crache de l'eau dans un petit bassin. Wow ! En suivant madame Demontigny à la cuisine, je jette un coup d'œil dans les autres pièces. Il y a des tapis d'Orient et des tableaux partout. Tout est impeccable. Au bout du corridor, c'est la cuisine qui, comme l'a dit Christine, ressemble à un centre de contrôle spatial avec un tas de boutons et de manettes. J'espère que je n'aurai pas à préparer de collation aux enfants, je ne saurais même pas où trouver le frigo.

— Bon, commence madame Demontigny, Amanda et Maxime devraient rentrer d'ici quelques minutes. Leur autobus arrive un peu plus tard que le vôtre. Les numéros en cas d'urgence sont à côté du téléphone. Nos voisins immédiats sont les Chrétien — je crois que tu connais Chantal, n'est-ce pas ? — et les Sauvé. Voyons, qu'est-ce que j'oublie? Est-ce que Christine t'a parlé de la piscine?

— Non, dis-je.

Comment Christine a-t-elle pu oublier de mentionner la piscine? Je savais que les Demontigny ont des courts de tennis, mais je n'étais pas au courant pour la piscine.

— Nous venons tout juste de faire creuser la piscine. Amanda et Maxime sont tous deux de bons nageurs. Ils peuvent se baigner quand bon leur semble, pourvu qu'il y ait un adulte sur les lieux. Lorsqu'ils sont sous la responsabilité d'une gardienne, l'un des voisins doit être à la maison, en cas d'urgence. Monsieur et madame Chrétien travaillent, mais je sais que madame Sauvé est chez elle. Les enfants sont donc autorisés à se baigner aujourd'hui. Les amis de Maxime et Amanda peuvent se baigner uniquement s'ils sont capables de faire une longueur de piscine sans se fatiguer. Amanda sait qui sont ceux qui savent nager et ceux qui ne peuvent pas se baigner.

— D'accord, dis-je. Je suis moi-même une excellente nageuse, alors ne vous inquiétez pas.

Madame Demontigny sourit, regarde sa montre et annonce qu'elle doit partir.

— Je serai de retour à dix-sept heures. En cas de besoin, n'hésite pas à appeler madame Sauvé.

Aussitôt après le départ de madame Demontigny, je fouille dans la cuisine et je trouve des fruits et des biscottes pour le goûter des enfants. Quelques minutes plus tard, la porte de l'entrée s'ouvre.

— Allô! dis-je en me précipitant dans le corridor.

— C'est toi, Marjorie? demande Amanda.

— Oui. Salut, les enfants. Votre mère vient tout juste

de partir. Elle sera de retour à dix-sept heures. Je vous ai préparé un petit goûter dans la cuisine.

— Dans la *cuisine*! s'exclame Amanda. On ne mange jamais là.

— Eh bien, vous allez y manger aujourd'hui.

Sans répliquer, Amanda et Maxime rangent leurs cartables dans le placard et me suivent à la cuisine.

— C'est ça notre collation? fait Maxime en regardant les fruits et les biscottes avec dégoût.

— On prend toujours des biscuits au chocolat et du Coke, ou ce qu'on veut, pour collation, déclare Amanda en enlevant le plat de fruits.

Comme ils ont accepté de manger dans la cuisine, je ne m'objecte pas aux biscuits au chocolat, ni au Coke. D'autant plus qu'à la maison, ce sont des denrées rares ces jours-ci.

— Es-tu une amie de Christine? me demande Maxime pendant que nous grignotons.

— Oui, dis-je. Je connais toute sa famille. Et je connais Chantal Chrétien aussi. (Chantal les garde souvent.)

— Où habites-tu? demande Amanda.

— J'habite l'ancien quartier de Christine.

— Es-ce que tu vas à l'Académie de Nouville?

— Non, je vais à l'école publique.

— Est-ce que tu as des animaux? demande Maxime.

— Seulement un hamster.

— Nous avons une chatte, dit Amanda. Elle s'appelle Priscilla. C'est un persan blanc et elle a coûté quatre cents dollars.

Quatre cents dollars pour un chat? Il me semble

qu'on peut acheter des choses bien plus importantes avec quatre cents dollars. L'épicerie par exemple.

— Tu as des frères et des sœurs ? demande Amanda.

— J'en ai sept.

— Sept ! glapit Amanda. Ça alors ! Ton père doit être riche. Qu'est-ce qu'il fait ?

Comme je pense qu'il faut toujours être honnête avec les enfants, je décide de ne pas leur cacher la vérité.

— Mon père ne travaille pas actuellement. Il vient de perdre son emploi.

— Ah oui ? fait Maxime.

— *Notre* père est associé dans un bureau d'avocats, précise Amanda. Il gagne beaucoup d'argent et il nous achète tout ce qu'on veut.

— Ouais, ajoute Maxime. On a des courts de tennis et une piscine.

Et un chat à quatre cents dollars, me dis-je.

— Notre piscine est immense, dit Amanda. Elle est turquoise et il y a un tremplin et une glissoire. Maxime et moi on se baigne quand on veut. Et nos amis viennent se baigner aussi. On a beaucoup d'amis. Madame Sauvé est-elle chez elle, Marjorie ?

— Oui.

— Super !

Amanda se précipite aussitôt sur le téléphone et invite ses amis à venir faire trempette. Ensuite, les deux enfants vont enfiler leur maillot de bain et sautent dans la piscine.

Naturellement, je n'ai pas *mon* maillot. Je m'installe donc sur une chaise de patio, comme une enfant en pénitence.

Bientôt, des bambins apparaissent derrière la clôture

qui entoure le terrain. Il s'agit probablement des amis d'Amanda. Celle-ci les fait entrer et je dois alors surveiller cinq enfants surexcités qui sautent, plongent et glissent dans la piscine. Je suis donc un peu découragée quand une autre fillette qui semble avoir l'âge de Maxime se présente à la clôture. Amanda sort aussitôt de la piscine et la renvoie chez elle d'un ton autoritaire sous prétexte qu'elle ne sait pas nager. Fiou! Une de moins à surveiller, me dis-je.

Mais en voyant l'air déconfit de la fillette, mon soulagement s'évapore instantanément. Déçue, elle s'en retourne lentement, tête basse.

Dix minutes plus tard, le même scénario se reproduit, avec un petit garçon cette fois.

— Amanda!

— Oui, fait celle-ci en trottinant vers moi.

— Il me semble que tu pourrais leur dire gentiment qu'ils ne peuvent pas se baigner aujourd'hui. Tu as fait de la peine à ce petit garçon.

— Tant pis pour lui. Il a déjà été méchant avec moi. Et puis, il ne sait même pas nager!

— Amanda, ne te sers pas de la piscine pour te venger ou pour te faire des amis. Tu risques de le regretter.

— Bah! fait Amanda.

Elle regarde Maxime glisser et ne m'écoute même pas.

Je passe l'heure qui suit assise au soleil en train de fondre dans mes vêtements d'école, pendant que les jeunes Demontigny et leurs amis s'amusent avec leur nouveau jouet. Quand je pense à ma petite sœur Claire qui ne peut même pas avoir la poupée Skipper dont elle rêve!

Quelle injustice ! me dis-je en regardant les courts de tennis, la piscine et la grosse maison avec sa fontaine en forme de poisson.

Je me sens vraiment minable.

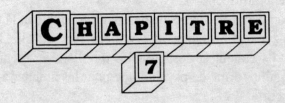

CHAPITRE 7

Samedi.

Aujourd'hui, j'ai gardé les petits Demontigny. Il faisait un temps superbe et les enfants étaient déjà dans la piscine à mon arrivée. Il y avait Maxime, Amanda, Karen Marchand, Timothée Prince et deux autres enfants que je ne connaissais pas. — Anabelle et William.

Quoi qu'il en soit, j'ai remarqué qu'il y a effectivement un problème en ce qui concerne Amanda, Maxime et la piscine. Tu en avais parlé, Marjorie, lors de ta première garde chez les Demontigny. Aujourd'hui, c'est Amanda qui a eu de la peine.

Ce samedi, Sophie est chez les Demontigny. Naturellement, les membres du CBS m'ont offert cette garde en premier, mais je ne pouvais pas l'accepter. J'ai déjà un engagement chez les Barrette et j'ai beaucoup de travail scolaire à rattraper.

Amanda et Maxime connaissent déjà Sophie et la trouvent bizarre. C'est que la première fois qu'elle les a gardés, ils étaient si désagréables qu'elle a eu recours à une certaine forme de psychologie pour les amener à bien se comporter.

Comme Sophie l'a mentionné dans le journal de bord, lorsqu'elle arrive chez les Demontigny, les enfants et quatre de leurs amis s'ébattent dans la piscine. Après le départ de monsieur et madame Demontigny, elle va s'asseoir sur le bord de la piscine.

— Allô, Sophie, crie Karen. Regarde-moi.

Karen sort de la piscine, recule de quelques pas et lève les bras devant elle.

— Regardez, je lis mon journal en marchant. J'avance, j'avance… PLOUF !

Karen fait semblant de tomber accidentellement dans la piscine. Les autres enfants s'esclaffent.

— Est-ce que je peux avoir une collation ? demande soudain Amanda.

Flairant un piège, Sophie regarde sa montre.

— Il est quatorze heures. Tu n'as pas dîné ?

— Si, mais j'ai encore faim. Je veux…

— Mon Dieu, si tu as si faim, je vais te préparer un bon petit goûter santé. C'est la meilleure façon de remplir un estomac. Je vais te préparer un yogourt, des fruits et une petite salade verte.

— Oh, oublie ça, fait Amanda en s'éloignant du bord. Rejoignant son frère, elle lui dit (à voix pas trop basse): elle est vraiment bizarre.

— Ouais, répond Maxime qui s'amuse à lancer un sou au fond de la piscine et à aller le récupérer.

Amanda et Karen jouent ensemble tandis qu'Anabelle exécute des plongeons au tremplin. Timothée et William, eux, font grand usage de la glissoire. À un moment donné, Amanda sort de la piscine et va rejoindre Sophie. Celle-ci l'enveloppe dans une grande serviette et lui tapote le dos.

— Merci, dit Amanda qui semble plutôt songeuse. Connais-tu Marjorie Picard? demande-t-elle finalement.

— Bien sûr, répond Sophie.

— Son père… il a été *congédié*.

— Je sais, dit Sophie qui se demande à quoi Amanda veut en venir.

— Qu'est-ce qu'il fait ton père?

— Il travaille pour une grosse compagnie… à Toronto.

— À *Toronto*? Est-ce qu'il habite là-bas?

— Oui, répond Sophie. Mes parents sont divorcés. Mais tu sais, je vais visiter mon père aussi souvent que j'en ai envie.

— Vraiment? fait Amanda, impressionnée. Est-ce que ton père gagne beaucoup d'argent?

Insultée, Sophie aurait bien envie de répliquer: «Assez pour acheter un chat à quatre cents dollars.» Pendant qu'elle retourne sa langue sept fois dans sa bouche pour répondre quelque chose de poli, Maxime sort de la piscine.

— Sophie, je n'ai plus envie de me baigner, annonce-t-il.

— Moi non plus, ajoute Amanda. On a été dans la piscine toute la matinée.

— D'accord, répond Sophie. Faites sortir vos amis de la piscine. On va penser à d'autres jeux.

— Hé, sortez de la piscine ! On va jouer à autre chose, crie Amanda.

— Je ne veux pas sortir, réplique William.

— Moi non plus, ajoute Anabelle. Je m'exerce à plonger.

— Viens, Timothée, appelle Maxime.

— Non.

— Anabelle, je t'en prie ! insiste Amanda.

— Je fais des plongeons, bon.

— Je vais jouer avec toi, Amanda, offre Karen en sortant de la piscine.

— Merci, dit Amanda, tout en regardant Sophie d'un air interrogateur.

Manifestement, celle-ci doit prendre une décision. Elle ne peut pas être à deux places en même temps.

— Bon, tout le monde sort de l'eau, décrète Sophie en se levant.

— Je veux continuer à me baigner ! proteste Timothée.

— Et je dois m'exercer ! se lamente Anabelle.

— Je croyais que vous veniez jouer avec Maxime et moi, dit Amanda, visiblement contrariée.

— Bien… bien… commence Anabelle.

— Il fait tellement chaud aujourd'hui, dit Timothée.

— Timothée, tu es venu jouer avec moi, hein ? demande soudain Maxime qui a gardé le silence jusqu'à maintenant.

— Ouais, répond Timothée après une seconde d'hésitation. Avec toi et avec ta piscine.

— Vous êtes stupides ! crie alors Amanda.

— Non. C'est vous les stupides ! rétorque Anabelle.

— Stupides ! Stupides ! Stupides ! scande Maxime.

— Bon, ça suffit, dit Sophie d'un ton ferme. Je garde Maxime et Amanda et comme ils ne veulent plus se baigner, tout le monde doit sortir. Je ne peux pas être partout à la fois.

Grognant et soupirant, les enfants finissent par sortir de la piscine. Amanda et Maxime retrouvent leur sourire.

— Si on jouait à se déguiser ? suggère Amanda à Karen et à Anabelle.

— On joue aux dinosaures, d'accord ? propose Maxime aux deux garçons.

— Non, merci, répond Timothée en se dirigeant vers la porte de la clôture, suivi de William.

— Je vais chez les Gendron, lance Anabelle en ramassant sa serviette et sa robe bain de soleil. Je vais m'exercer dans leur piscine.

Prise au dépourvu, Sophie ne sait trop quoi dire à Maxime et Amanda qui affichent une mine défaite. Heureusement, Karen sauve la situation.

— Est-ce que tu as de nouveaux déguisements ? demande-t-elle à Amanda. Tu sais quoi ? Ça fait longtemps qu'on n'a pas joué aux Grandes Dames. Tu as encore tes vêtements de Grandes Dames ?

Faisant un gros effort pour retenir ses larmes, Amanda hoche la tête.

— Ça, c'est une bonne idée ! fait Sophie. Vous devriez monter à ta chambre, Amanda, enlever vos maillots mouillés et vous déguiser en Grandes Dames. Maxime, qu'est-ce que tu veux faire ? Veux-tu inviter un autre ami ?

Maxime secoue la tête.

— Aimerais-tu que je te fasse la lecture ? offre Sophie.

— D'accord, fait Maxime en haussant les épaules.

Lorsqu'il s'est changé, Sophie et lui s'installent dans la salle de jeu immaculée des Demontigny et Sophie lui lit une histoire, une autre, et une autre. Mais Maxime écoute d'une oreille distraite.

Et d'après les bruits qui proviennent de la chambre d'Amanda, les Grandes Dames n'ont pas le cœur à la fête.

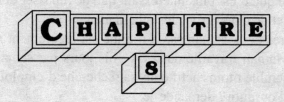

CHAPITRE 8

À la maison, la famille a adopté une routine qui ne diffère pas tellement de celle que nous avions avant que papa perde son emploi. Nous continuons à nous lever à six heures trente pour aller à l'école; maman se lève afin de se préparer au cas où l'agence l'appellerait; et papa se lève au cas où maman travaillerait.

Lorsque nous revenons de l'école, papa est absorbé dans sa recherche d'emploi. Il passe beaucoup de temps à éplucher le cahier Carrières et professions, et même les annonces classées, et encore plus de temps au téléphone.

— Papa ne joue jamais avec moi, se plaint Claire. Il me ramène de l'école et ensuite, il travaille dans la cuisine.

— Il cherche un autre emploi, lui dis-je. C'est très important, tu t'en souviens? Il a besoin de travailler pour gagner de l'argent.

— Et comme ça, j'aurai ma Skipper?

— Exactement.

Maman travaille assez régulièrement. Je ne sais pas si elle aime ce qu'elle fait. Elle dit qu'elle dactylographie des lettres, classe des documents et répond au téléphone. Elle donne l'impression que c'est ennuyant, mais il me semble que c'est plus intéressant que de repasser des chemises et de changer les lits à la maison.

Après deux semaines, la routine est légèrement modifiée. Maman travaille deux ou trois jours par semaine et papa semble moins actif dans sa recherche d'emploi.

— Pourquoi? demandé-je.

— Parce que j'ai épuisé la plupart des possibilités, répond-il. Je revois les mêmes offres d'emploi dans les journaux. J'ai envoyé mon curriculum vitae à plusieurs endroits, j'ai fait des appels téléphoniques. Reste à savoir ce que ça donnera.

Papa semble un peu découragé. Moi, je pense qu'il devrait être fier de lui. Il a fait le plus difficile, et maintenant, il n'a plus qu'à attendre que le téléphone sonne.

Mardi, peu de temps après que papa m'eut dit avoir «épuisé toutes les possibilités», je rentre de l'école plus tôt que d'habitude. Nous sommes sortis dix minutes avant la fin des cours à cause d'une fausse alerte. Je range ma bicyclette dans le garage et je me précipite dans la maison, certaine de trouver papa absorbé dans la lecture du journal.

À la place, je le trouve vautré dans un fauteuil, dans la salle de jeu. Il porte des jeans, un T-shirt et ses vieilles pantoufles. La télé est allumée, mais il ne l'écoute pas. Il a le regard vague de quelqu'un qui est perdu dans ses pensées. J'espère qu'il n'a pas regardé la télé toute la journée. Il va faire grimper notre compte d'électricité.

— Papa ? Où est Claire ?

— Quoi ? Oh, salut, Marjorie, répond-il distraitement.

— Salut. Où est Claire ?

— Elle était ici il y a quelques minutes, dit-il en se retournant vers le téléviseur.

— Claire ? Claire ?

Je laisse tomber mon cartable et je monte l'escalier quatre à quatre. En montant, il me vient deux choses à l'esprit. Ou Claire a disparu, ou elle a profité de la situation pour faire des dégâts. Mais je me trompe. Ma petite sœur joue sagement dans sa chambre avec deux vieilles poupées.

— Méchante ! Méchante fille ! dit-elle à l'une des poupées. Remets ça où tu l'as pris. Tu ne peux pas l'avoir. Papa a été congédié. Puis, se tournant vers l'autre poupée, elle poursuit son monologue. Arrête de me harceler. Je viens de te le dire : Tu ne peux pas avoir une nouvelle poupée Skipper. Un point c'est tout !

— Salut, Claire, dis-je.

Claire sursaute et lève la tête. Elle affiche un air coupable.

— Allô, dit-elle.

— Est-ce que tu as joué ici tout l'après-midi ?

— Presque. J'ai été voir papa trois fois pour lui demander de jouer avec moi et chaque fois, il m'a répondu : « Pas maintenant. »

— Est-ce que papa t'a préparé à dîner ?

— Il m'a dit de prendre ce que je voulais.

— Et qu'est-ce que tu avais envie de manger ?

— Je voulais des petits gâteaux, mais on n'en avait pas, répond Claire les yeux pleins d'eau.

— Tu n'as pas mangé, alors ?

Claire secoue la tête.

— Papa est un vieux pou-qui-pue.

Je m'agenouille par terre et je serre ma petite sœur dans mes bras.

Je ne sais pas ce que papa a fait de sa journée, mercredi, parce que je gardais chez les Demontigny et ensuite, j'ai assisté à la réunion du CBS. Quoi qu'il en soit, lorsque je suis rentrée après la réunion, il portait le même T-shirt, ses jeans et ses vieilles pantoufles. Mais au moins, il aidait maman à préparer le souper.

Jeudi après-midi, je reviens de l'école chargée de travail. On dirait que les profs se sont consultés pour nous donner plus de devoirs que d'habitude. Et comme si ça ne suffisait pas, j'ai un examen de science demain matin. J'ai donc l'intention de m'enfermer dans ma chambre et de travailler jusqu'à l'heure du coucher. Mais papa sabote mon plan.

En rentrant à la maison, je le trouve à nouveau devant la télé, en train de gaspiller de l'électricité. Cette fois, il est en pyjama et robe de chambre.

— Salut, papa. Où sont Claire, Margot et Nicolas ? (Maman travaille et je sais que Margot et Nicolas sont rentrés parce que j'ai vu leurs bicyclettes dans le garage.)

— En haut, répond-il en faisant un geste vague.

— Papa ? Ça va ?

Mardi, j'étais en colère contre lui. Aujourd'hui, je suis inquiète. Il est peut-être malade. Ça expliquerait le pyjama et la robe de chambre.

— Je vais très bien, murmure-t-il sans quitter la télé des yeux. J'aimerais seulement qu'on cesse de me demander comment je vais et qu'on me laisse en paix.

— D'accord, d'accord, dis-je.

Les autres lui ont probablement posé la même question. Soudain, je pense à Claire. Si papa est encore en pyjama et que maman travaille, comment Claire est-elle revenue de la maternelle?

— Claire? Claire?

Je n'avais pas besoin de ça aujourd'hui. Pas la veille de mon examen de science alors qu'il me faudrait deux jours entiers pour étudier.

— Quoi? répond Claire.

Elle, Margot et Nicolas sont assis en rang d'oignon sur le sofa du salon. On dirait qu'ils sont dans la salle d'attente d'un médecin.

— Que se passe-t-il? Claire, comment es-tu revenue de l'école, aujourd'hui?

— La maman de Myriam m'a ramenée.

— Mais pourquoi madame Seguin a-t-elle fait cela?

— Parce que papa l'a appelée et lui a demandé.

Bon, je crois que je vais laisser maman résoudre ce problème.

— Alors, qu'est-ce que vous faites là, comme ça?

— Papa nous a crié après, dit Margot en échangeant un regard avec Nicolas.

— Et il vous a mis en pénitence?

— Non. On avait juste besoin d'être ensemble, répond Nicolas.

— Et papa a dit: «*Laissez-moi tranquille*!»

De mieux en mieux. Papa n'a même pas l'intention de

surveiller les enfants. Si je m'occupe d'eux, comment vais-je étudier ? Finalement, je persuade Margot et Nicolas d'aller jouer chez des amis, tandis que les triplets jouent au baseball dans la cour. Ensuite, je puise dans l'argent que j'ai gagné à la sueur de mon front en gardant et je paie Vanessa pour qu'elle s'occupe de Claire.

À son retour, maman est loin d'être contente en entendant ce qui s'est passé, surtout lorsqu'elle apprend que papa a mandaté madame Seguin pour aller chercher Claire. Elle va aussitôt le confronter dans la salle de jeu.

— Je ne peux pas travailler toute la journée, préparer le souper en rentrant, *nettoyer la maison* (la salle de jeu a l'air d'un vrai capharnaüm), et aider les enfants à faire leurs devoirs.

— Maman, dis-je, me sentant coupable, je suis désolée. J'aurais dû faire un peu de ménage après-midi, mais…

— Ce n'est pas ta faute, interrompt maman. Et ce n'est pas ton travail non plus. Tu as tes études et tes gardes. (Puis, elle se tourne vers papa.) Quand je travaille à l'extérieur, c'est *à toi d'entretenir la maison et de veiller sur les enfants,* comme je le fais quand je suis ici.

— Pardon ? fait papa.

Oh, oh. Ça va barder. Jetant un coup d'œil en haut de l'escalier, j'aperçois mes frères et sœurs blottis les uns contre les autres. Je vais les retrouver et nous montons tous à nos chambres. Nous n'entendons rien de ce qui se dit en bas, mais chose certaine, maman a gagné parce que vendredi, lorsque je rentre de la réunion du CBS, le souper est prêt, la maison est à l'ordre et papa a quitté ses tenues négligées.

Et ce mardi, lorsque je reviens de l'école, papa et Claire font du bricolage ensemble dans la cuisine. Étrangement, cela me perturbe davantage que de voir mon père vautré devant la télé. Ce soir, je convoque une autre réunion du Club Picard.

CHAPITRE 9

Il me faut un peu de temps pour comprendre pourquoi j'ai eu peur en voyant papa et Claire s'amuser ensemble. J'aurais dû être heureuse de voir mon père de bonne humeur. J'aurais dû être heureuse de rentrer dans une maison propre, et de sentir la sauce à spaghetti qui mijote sur la cuisinière. Mais ce n'est pas le cas.

Pourquoi? Parce que papa semblait heureux. Et s'il ne trouvait pas d'emploi? Et s'il était trop bien à la maison pour s'en chercher un?

Voilà donc ce qui m'a incité à convoquer une réunion du Club Picard.

Une fois de plus, nous nous réunissons dans ma chambre.

— Bon, alors comment ça va, vous autres? dis-je lorsque tout le monde est installé.

— Je veux toujours avoir Skipper, répond immédiatement Claire.

— Je suis au courant, dis-je, mais Skipper va devoir attendre encore un peu.

— Je sais, je sais, espèce-de-pou-qui-pue.

Les triplets semblent plutôt mal à l'aise. Quand je leur demande comment ça se passe à l'école, ils ont l'air encore plus gênés.

— Vous savez ce qui m'arrive à l'école, n'est-ce pas? dis-je.

— Quoi? demande immédiatement Bernard.

— Eh bien, il y a des filles qui s'amusent à dire des méchancetés à mon sujet parce que papa a perdu son emploi. L'une d'elles, Louise, a même fait circuler un billet dans la cafétéria. Il a fini par me tomber entre les mains et je pense que c'est exactement ce qu'elle voulait. Quoi qu'il en soit, lorsque je l'ai lu, les quatre filles qui me harcèlent se tordaient de rire.

— Qu'est-ce qui était écrit sur le billet? veut savoir Vanessa.

— C'était écrit: «Marjorie = Bien-être social». Premièrement, c'est complètement stupide de dire de telles choses, et deuxièmement, si c'était vrai, ce ne serait pas matière à moquerie.

Claire ouvre la bouche et avant qu'elle puisse demander ce qu'est le Bien-être social, Joël prend la parole.

— Michel Homier ne veut plus jouer au baseball avec Bernard, Antoine et moi, déclare-t-il en regardant ses deux frères.

— Comment ça? dis-je.

— On n'est pas certains, dit Bernard. L'autre jour, il s'est moqué de nous parce qu'on n'avait pas d'argent pour accompagner l'équipe de baseball de l'école à une sortie éducative. Le lendemain, on l'a invité à venir jouer à la balle molle avec nous et il a refusé. On l'a invité deux autres fois et il n'a pas voulu venir.

— Les gens peuvent être très méchants, dis-je. (Mon pauvre Bernard est au bord des larmes.)

— Mais il y en a qui peuvent aussi être très gentils, fait remarquer Vanessa.

— Ah oui? Qui donc? demandé-je.

— Becca Raymond. Hier, elle m'a donné cinquante cents pour que je puisse m'acheter un Popsicle.

— Ça c'est vraiment gentil de sa part, dis-je en souriant.

— Moi, j'aimerais lui rendre la monnaie de sa pièce à Michel Homier, dit Joël.

— Moi aussi, ajoute Antoine. Je voudrais mettre des araignées écrabouillées dans son sandwich au beurre d'arachide.

— Ouach! fait Margot.

— Moi, je voudrais le frapper «accidentellement» à la tête avec une balle de baseball.

— Joël! dis-je.

— Moi, je voudrais que son père perde son emploi et alors Michel saurait comment on se sent, lance Bernard. Et ensuite, je me moquerais de lui quand il ne pourrait pas aller aux sorties éducatives.

— Bon, c'est assez de souhaits de vengeance, dis-je doucement. Il faut passer aux choses sérieuses: l'argent.

— On ne va pas encore parler d'argent, se lamente Margot. On ne parle que de ça. On fait plein d'efforts pour économiser.

— Je sais, et je vous félicite. Mais maintenant, il faudrait trouver des moyens d'en gagner.

— Pourquoi? demande Claire.

— Parce que papa n'en gagne plus et que ce que maman

gagne suffit à peine à payer l'épicerie chaque semaine. Il y a un tas d'autres choses à payer. L'hypothèque, par exemple, et les comptes d'électricité, de téléphone…

— Qu'est-ce que c'est une hy-po-thèque? demande Claire.

— L'hypothèque, c'est l'argent que papa et maman ont emprunté à la banque pour acheter la maison. La plupart des gens font ça. Ensuite, ils remboursent la banque un peu tous les mois. Les économies de papa et maman seront bientôt épuisées. Que ferons-nous alors?

— Papa aura probablement trouvé un emploi avant qu'on n'aie plus d'argent, dit Bernard avec espoir.

— Peut-être que oui, mais peut-être que non, dis-je. Il faut donc nous préparer en conséquence.

— Comment? demandent Vanessa et Margot d'une même voix.

— Eh bien, on pourrait gagner de l'argent qu'on déposerait dans le compte d'épargne. Moi, par exemple, j'ai économisé tout l'argent que j'ai gagné en gardant et je vais le donner à papa et maman.

— Nous aussi, on pourrait gagner des sous! s'écrie Joël. (J'espérais que quelqu'un ferait cette suggestion.)

— Ouais! fait Vanessa, soudain inspirée. Je pourrais vendre mes poèmes à des magazines!

Vanessa se prend pour une grande poétesse. Elle écrit des centaines de poèmes et parfois, elle parle même en rimes.

— Vanessa… dis-je.

— C'est vrai, ça pourrait marcher. Ne riez pas.

Il n'en fallait pas plus pour que Joël s'esclaffe.

— Ne t'inquiète pas, je ne ris pas de toi… Je ris avec toi.

— Je vais quand même essayer, répond Vanessa en souriant. La poésie, c'est ce que je fais de mieux.

— Moi, je vais tondre les pelouses des voisins! dit Joël.

— Je pourrais garder des animaux, ou promener les chiens des gens, propose Bernard.

— Peut-être que je pourrais… commence Antoine.

— Hé, j'ai une idée! l'interrompt Bernard. On pourrait fonder une entreprise spécialisée dans les petits travaux d'entretien: ABJ inc.

— ABJ? dis-je.

— Mais oui. Antoine, Bernard et Joël.

— C'est une excellente idée, les garçons. Vous faites preuve d'initiative.

— Je pourrais peut-être devenir camelot et distribuer le journal, dit Nicolas d'un air songeur.

— Voilà une autre bonne idée, Nicolas. Renseigne-toi auprès d'un camelot que tu connais afin de savoir comment t'y prendre pour le devenir.

— Et si Claire, Vanessa et moi on ouvrait un kiosque pour vendre de la citronnade? suggère Margot. On pourrait s'appeler CMV inc.

— Je crois que vous serez seulement CM inc, car j'ai l'intention de rédiger des poèmes, rectifie Vanessa.

Le problème du travail est maintenant résolu, mais quelque chose d'autre inquiète Bernard.

— Marjorie, qu'est-ce qui arrive quand on ne paie plus l'hypothèque?

— Je n'en suis pas sûre, mais je pense qu'après un certain temps, la banque peut saisir notre maison.

— C'est probablement comme ça que les gens deviennent des sans-abri, conclut Bernard.

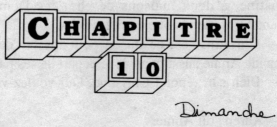

Dimanche

Je garde Léonard, Annie et
Sarah Papadakis. Ils sont
adorables. Je suis heureuse que
Léonard soit l'ami de David et que
Karen soit l'amie d'Annie. Peut-être
que Sarah deviendra un jour l'amie
d'Émilie.

Ce matin, comme c'était nuageux
et frais, les enfants ont préféré
jouer à l'intérieur. Ils ont donc
invité Karen et David et tout
le monde s'est amusé ensemble
(même Sarah). Mais lorsque le
soleil s'est montré, la situation a
changé. Annie et Léonard ont eu
de la peine, et qui était responsable
de cela ? Mon frère et ma sœur...

71

Comme vous l'avez sans doute deviné en lisant ce qu'elle a écrit dans le journal de bord, Christine adore garder les jeunes Papadakis. Léonard a neuf ans, Annie, sept ans, et Sarah, deux ans. Ils demeurent en face de chez Christine, à deux maisons de chez les Demontigny. (Chantal Chrétien habite entre les deux.)

— Christine, est-ce qu'on peut inviter des amis? demande Annie aussitôt après le départ de ses parents.

— Bien sûr, répond Christine. Qui voulez-vous inviter?

— Karen! dit Annie.

— David! fait Léonard.

— Ça tombe bien! répond Christine en souriant. Ils sont à la maison et s'ennuient à mourir. Voulez-vous que je les appelle?

— Oui! Oui! Oui! chantent Léonard et Annie.

Christine téléphone donc à son frère et à sa sœur et ceux-ci arrivent sans tarder.

— À quoi on joue? demande Karen en rentrant chez les Papadakis.

— On pourrait jouer avec Miche le caniche et Myrtille la tortue, suggère David.

— Non, on a déjà joué avec eux aujourd'hui, répond Léonard.

— À la poupée? propose Karen.

— Oh non! de répondre Annie.

— Aux envahisseurs de la planète Neptune, propose Léonard.

— Hé, s'écrie Karen, il y a un jeu auquel on pourrait jouer tous ensemble. Même Sarah. Même toi, Christine.

— Quel genre de jeu? demandent les garçons avec

méfiance. (Normalement, les jeux de Karen supposent des poupées, des sorcières ou des déguisements, ce qui n'intéresse ni l'un ni l'autre des deux garçons.)

— On pourrait jouer au bureau.

— Au bureau? répète Annie.

— Oui. Il suffit d'organiser ton pupitre comme dans un vrai bureau, avec des papiers, des crayons, des trombones, et …

— Et on pourrait utiliser le vieux téléphone qui ne fonctionne plus, ajoute Léonard, enthousiaste. C'est un *vrai* téléphone, pas un en plastique.

Christine n'en croit pas ses oreilles. Les quatre enfants ont l'intention de s'amuser ensemble!

En moins de quelques minutes, ils ont transformé la chambre d'Annie en véritable bureau. Ils ont même prévu une salle d'attente avec chaises, table et magazines.

— Est-ce que c'est un bureau de médecin? demande Christine.

Annie, Karen, Léonard et David se regardent.

— Je ne veux pas jouer au médecin, déclare Léonard. C'est un jeu de bébé.

— De toute façon, on n'aurait pas besoin de bureau, fait remarquer Karen. Il nous faudrait des lits et des stéthoscopes.

— Je sais! fait Léonard. On va jouer à l'agence de placement.

— L'agence de placement? répète Annie, perplexe.

— Oui, j'ai déjà vu ça à la télé. Il y avait un clown qui cherchait du travail et le patron de l'agence de placement lui demandait: «Qu'est-ce que vous savez faire?» et le clown répondait: «Quel genre de travail avez-vous à offrir?» Et le patron lui demandait encore: «Qu'est-ce que vous savez faire?» et l'autre répondait encore: «Quel genre de travail avez-vous à offrir?» Le clown se retrouve finalement dans une fabrique de chocolats où il lui arrive toutes sortes d'aventures cocasses.

— Oh, ça c'est drôle, s'exclame Karen.

— Qui va faire quoi? demande Christine.

Après beaucoup de discussion et d'argumentation, les rôles sont attribués: Karen et Annie sont les propriétaires de l'agence de placement, et Léonard, David et Christine feront les travailleurs qui se cherchent un emploi.

— Le bureau est ouvert, déclare Annie.

— Je serai votre premier client parce que j'ai vraiment, vraiment besoin de travailler, annonce David.

Il se place donc directement devant le bureau tandis que Léonard, Christine et Sarah s'assoient dans la «salle d'attente».

— Bonjour. Je m'appelle David Thomas et j'ai vraiment, vraiment besoin de travailler.

— D'accord, dit Karen. Que savez-vous faire?

— Quel genre de travail avez-vous à offrir? rétorque David.

— Bien, il faut que je sache ce que vous savez faire, de dire Karen.

— Ça dépend du genre de travail que vous avez à offrir, répond David en pouffant de rire.

Karen et Annie éclatent à leur tour, suivies de Léonard, Christine et même Sarah.

— Je vais jeter un coup d'œil sur la liste des emplois offerts, déclare Annie lorsqu'elle s'est enfin calmée. Nous avons besoin d'un professeur suppléant. Pouvez-vous enseigner?

David secoue la tête en signe de négation.

— Savez-vous cuisiner? Un restaurant a besoin d'un chef.

— Je sais faire des rôties et du lait au chocolat.

— Vous êtes engagé! lance Annie.

— Ah, merci, merci, répond David. Je vais pouvoir nourrir ma famille… et leur acheter des vêtements.

Pendant que les enfants rigolent, Christine ne peut s'empêcher de penser à mon père. Sera-t-il obligé de recourir aux services d'une agence de placement et d'accepter un travail bien en deçà de ses qualifications professionnelles? Se retrouvera-t-il serveur dans un restaurant alors qu'il a fait son droit?

Christine m'a confié par la suite qu'elle avait la gorge serrée rien que d'y penser. Elle est donc soulagée lorsqu'un peu plus tard, le soleil se montre et que Léonard suggère d'aller jouer dehors.

Les enfants quittent donc le «bureau» et Christine les suit à l'extérieur.

— Hé, il fait assez chaud pour se baigner, fait remarquer David.

— Ouais! Allons chez Maxime et Amanda, propose Karen.

— Tu veux aller chez Amanda? répète Annie, consternée.

Amanda est un peu plus vieille que Karen, ce qui n'empêche pas les deux fillettes d'être amies. Cependant, Annie ne peut souffrir Amanda. Précisons que ce sentiment est réciproque: Amanda n'aime pas tellement Annie.

— Bien sûr, répond Karen. C'est une journée idéale pour la baignade. Allez, viens, Annie.

— Pas question. Je déteste Amanda Demontigny et tu le sais bien.

— Mais tu as envie de te baigner, non?

— Pas assez pour aller chez les Demontigny.

— Tu viens te baigner, hein, Léonard? demande David.

— Non, répond Léonard. Je n'aime pas les Demontigny, moi non plus. Pas plus que toi d'ailleurs. Comment ça se fait que tu y vas?

— Parce que... j'ai... envie... de me... baigner, répond David avec impatience.

— Eh bien, vas-y! rétorque Léonard.

— Ouais, vas-y donc. Je m'en moque, dit Annie à Karen.

— C'est ce qu'on va faire, riposte Karen d'un ton hautain.

— Hé, vous n'allez pas vous disputer à cause de cette piscine? dit Christine.

— On ne se dispute pas, réplique Karen.

Christine aurait pourtant juré le contraire en voyant son frère et sa sœur s'éloigner ensemble. Annie est au bord des larmes. Léonard, lui, démantèle l'agence de placement en silence.

— Ce n'est pas juste! se lamente Annie.

— Je suis désolée qu'ils soient partis, dit Christine.

— Ce n'est pas seulement ça, de dire Annie. Je sais que Karen veut aller se baigner et qu'elle est l'amie d'Amanda. J'aurais préféré que Karen reste avec moi, mais elle a le droit de jouer avec qui elle veut. Mais David, lui, n'aime pas du tout les Demontigny. Je pense que ce n'est pas honnête de sa part d'aller se baigner dans leur piscine alors qu'il ne peut pas les supporter. Amanda et Maxime pensent probablement que David va là pour eux.

— Ouais, dit finalement Léonard. Moi, je n'irais jamais chez quelqu'un juste parce qu'il a une piscine. Ce n'est pas honnête. Annie a raison.

— Est-ce qu'il y a beaucoup d'enfants qui fréquentent les Demontigny à cause de leur piscine? demande Christine.

— Il y en a des tas, de répondre Annie. Amanda et Maxime s'imaginent qu'ils sont les enfants les plus populaires de Nouville.

— Combien d'entre eux sont vraiment leurs amis? veut savoir Christine.

— Oh, quelques-uns seulement, répond Léonard.

— Vous voulez dire que les autres enfants profitent de Maxime et Amanda?

— Oui, répondent le frère et la sœur d'une même voix.

Ce problème, Christine l'avait bien vu venir. Cependant, elle ne se doutait pas de son ampleur. Pire encore, elle est déçue de voir que son frère et sa sœur profitent eux aussi des jeunes Demontigny. Du moins, c'est le cas de David. Quant à Karen, même si elle est l'amie d'Amanda, elle n'aurait pas dû laisser tomber Annie aujourd'hui.

Après avoir quitté les Papadakis, Christine s'empresse de me téléphoner pour me mettre au courant de la situation.

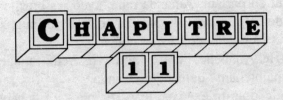

CHAPITRE 11

De nouveau chez les Demontigny. Assise à l'une des extrémités de la piscine, je sirote un thé glacé. Derrière, se dresse une somptueuse résidence avec une fontaine à l'intérieur. Devant moi, au-delà de la piscine, la verte pelouse s'étend jusqu'aux courts de tennis.

La vraie vie de château, quoi! Sauf que je ne suis pas la riche héritière. La somptueuse résidence, la fontaine, la piscine, les courts de tennis et le chat-à-quatre-cents-dollars qui somnole au soleil ne m'appartiennent pas.

Mais il n'est pas interdit de rêver, n'est-ce pas?

Cependant, tout en rêvant, je surveille Amanda, Maxime, Timothée, Anabelle et William. Sans trop savoir pourquoi, j'ai le pressentiment qu'il va se passer quelque chose.

Pour l'instant, tout est au beau fixe. Anabelle s'exerce à plonger, les garçons glissent à tour de rôle sur la glissoire en poussant des cris, et Amanda, absorbée dans la lecture d'un livre, se laisse flotter sur un matelas pneumatique.

Finalement, elle ferme son livre.

— Quelle histoire fascinante ! s'exclame-t-elle.

— Tu l'as terminée ? demandé-je.

— Oui, et je l'ai commencée hier.

Tout en parlant, Amanda rame avec ses bras jusqu'au bord de la piscine. Elle me donne le livre, puis sort de l'eau et vient s'asseoir à mes côtés.

— Hé, Anabelle, j'ai fini mon livre. Veux-tu jouer avec moi, maintenant ? demande Amanda.

— Je dois m'exercer. Je participe à un concours de plongeon la semaine prochaine, répond Anabelle en se dirigeant vers le tremplin.

— Es-tu ici pour jouer avec Amanda ou pour t'entraîner ? ne puis-je m'empêcher de lui demander.

Amanda me regarde avec étonnement. Puis elle se redresse et reprend mes paroles.

— Ouais. Viens-tu ici pour jouer avec moi ou seulement pour t'entraîner ?

Anabelle rougit jusqu'à la racine des cheveux. Avant qu'elle puisse répondre quoi que ce soit, Maxime sort de la piscine et vient me rejoindre.

— Qu'est-ce qui se passe, Maxime ?

— Je suis fatigué de me baigner. Je veux aller frapper des balles au tennis.

— Nous, on n'en a pas envie, crie Timothée qui, apparemment, parle pour lui et William.

— Larguez les bombes ! hurle William avant de se lancer sur la glissoire.

— Et toi, qu'est-ce que tu as envie de faire ? dis-je doucement à Amanda.

J'ai l'impression que je vais assister à une reprise de la petite scène décrite l'autre jour par Sophie.

— Je… je ne sais pas, répond-elle d'un ton qui ne ressemble en rien à celui de la petite snob que j'ai rencontrée lors de ma première garde ici.

— Tu es fatiguée de te baigner ?

Amanda fait oui de la tête.

Je suis bel et bien aux prises avec le même problème que Sophie a eu. Comme mes protégés ne veulent plus se baigner, je dois faire sortir les trois autres enfants de la piscine.

— Bon, la baignade est terminée ! Anabelle, Timothée, William, sortez de l'eau. On va faire autre chose.

Ma suggestion reçoit un accueil plutôt froid.

— J'ai une nouvelle poupée, tu sais, Anabelle, déclare Amanda.

— Et après ? Moi aussi j'en ai une neuve.

— Allez, tout le monde sort, dis-je de nouveau.

Les trois enfants s'exécutent en maugréant, pendant que Maxime et Amanda me jettent un regard reconnaissant.

— Je vais chercher les raquettes, dit Maxime, une fois que William, Timothée et Anabelle se sont séchés.

— Anabelle, tu viens ? Ma nouvelle poupée est dans ma chambre.

Mais les trois enfants se retournent et se dirigent vers la porte de la clôture sans dire un seul mot.

Amanda reste figée sur place, tandis que Maxime regarde ses amis s'éloigner.

— Non mais… mais, c'est incroyable ! s'exclame-t-elle, à la fois stupéfaite et en colère.

— Venez vous asseoir quelques minutes, dis-je en mettant mes bras autour de leurs épaules.

— Je m'en vais frapper des balles, déclare Maxime avant de disparaître dans la maison.

Amanda reste avec moi. Je vois bien qu'elle a besoin de bavarder.

— Pourquoi Anabelle ne veut-elle pas jouer avec moi ? demande-t-elle. Je croyais qu'elle était mon amie. Qu'est-ce que je lui ai fait ? Tout ce que je veux, c'est que nos amis viennent jouer avec Maxime et moi, pas avec la piscine !

— Je te comprends, dis-je.

— Tu sais quoi ? Je ne sais pas si les autres enfants nous aiment, Maxime et moi, ou s'ils n'aiment que la piscine. Est-ce qu'ils sont nos amis ou non ? Est-ce qu'ils m'aiment ? sanglote-t-elle.

Pendant qu'Amanda verse toutes les larmes de son corps, je la serre dans mes bras et je lui caresse les cheveux. Ce n'est peut-être pas si merveilleux d'être une petite princesse qui vit dans une somptueuse résidence après tout. Est-ce qu'on se demande tout le temps si les gens nous apprécient pour nous-mêmes ou pour ce qu'on possède et ce qu'on peut leur apporter.

Ce n'est pas drôle d'avoir un père en chômage, mais au moins, je sais qui sont mes amis.

J'ai de la peine pour Amanda, mais en même temps, je lui envie sa piscine, sa maison et son chat à quatre cents dollars.

— Tu sais quoi, Amanda ? J'ai appris bien des choses lorsque mon père a perdu son emploi.

— Ah oui ?

— Oui. Il y a des personnes qui sont demeurées mes amies et d'autres qui m'ont tourné le dos. Je sais maintenant qui sont mes vrais amis et qui sont ceux auxquels je ne peux me fier. Ces derniers attachent plus d'importance à ce que leurs amis ont plutôt qu'à ce qu'ils sont.

— Oh!

— Je me disais donc que même si nos deux familles sont très différentes, toi et moi, nous avons en quelque sorte le même problème. Tu as maintenant une piscine et tu ne sais pas à qui tu peux faire confiance. Est-ce que tes amis t'aiment pour ce que tu as ou pour ce que tu es?

— Je ne sais pas, soupire Amanda.

— Eh bien, moi je pense qu'il existe un moyen de le découvrir.

— Vraiment? Comment?

— Tu pourrais dire à Karen et à Anabelle et à tous ceux qui viennent ici qu'il est maintenant interdit de se baigner quand vous vous faites garder. Dis-leur que c'est un nouveau règlement. Ainsi, tu verras qui sont ceux qui viendront jouer avec toi malgré tout.

— C'est une bonne idée, fait Amanda en essuyant ses larmes. Merci ajoute-t-elle en souriant. Et tu sais quoi? Je ne me gênerai pas pour dire ma façon de penser à ceux qui ne voudront pas venir jouer avec moi. Marjorie, tu es une super gardienne!

J'espère seulement qu'Amanda ne se retrouvera pas toute seule.

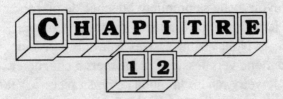

CHAPITRE 12

Étendue dans mon lit, je pense à la conversation que j'ai eue avec Amanda. J'ai décidé de suivre mes propres conseils… et celui d'Amanda aussi.

J'ai l'intention d'affronter les filles qui prennent un malin plaisir à me harceler. Je me demande toutefois si ça en vaut vraiment la peine. Après tout, j'ai toujours mes amies du CBS. Et puis, si je décide de braver Valérie et les autres, comment vais-je m'y prendre ? Est-ce que je vais simplement aller les voir et leur dire qu'elles ne sont plus mes amies, ou encore qu'avec des amies comme ellcs, on n'a pas besoin d'ennemies ?

Au matin, ma décision est prise. Je vais régler le cas de mes anciennes amies. Les membres du CBS sont restées loyales, mais il en est tout autrement pour Valérie et Rachel. Elles n'ont même pas fait l'effort de comprendre. Elles ont préféré écouter les stupidités de Louise et elles m'ont tourné le dos. C'est une question de principe et je ne vais pas laisser passer ça. Je dois au moins me défendre, mais comment ?

J'en parle donc à Jessie à l'heure du repas, à la cafétéria. Nous nous assoyons à l'extrémité d'une longue table, un peu à l'écart.

— Bon, de quoi voulais-tu me parler? demande Jessie après avoir avalé sa première bouchée de pizza.

Je jette un regard autour de moi. Valérie, Rachel, Louise et Nancy sont assises à la table voisine. Je me penche donc vers Jessie et je me mets à chuchoter.

— Je veux rendre la monnaie de sa pièce à Valérie. Et aux autres aussi. En fait, je voudrais surtout me venger de Louise et de Nancy puisque ce sont elles qui ont parti le bal.

— Comment comptes-tu procéder? chuchote à son tour Jessie.

— Je ne sais pas. C'est pour cela que je voulais t'en parler.

— Hum, fait Jessie en prenant une autre bouchée. Veux-tu leur faire quelque chose? Les mettre dans le pétrin?

— Je ne sais vraiment pas.

En fin de compte, je n'ai pas besoin de plan parce que l'occasion d'agir se présente. Pendant que Jessie et moi mangeons en silence tout en ruminant notre désir de vengeance, voilà que j'entends prononcer mon nom à la table voisine. Ça y est, les filles parlent de moi.

— Jessie, dis-je tout bas, ne te retourne surtout *pas*. Elles parlent de moi !

Il n'en fallait pas plus pour que Jessie tourne le cou.

— Je t'ai dit de ne pas te retourner !

— Elles regardent par ici, remarque Jessie.

— Eh bien, on va continuer à manger, mais en silence. Comme ça, on pourra écouter ce qu'elles racontent.

Jessie hoche la tête en signe d'assentiment et je me

concentre dans l'espoir d'entendre ce qui se dit à l'autre table.

— Il a certainement fait quelque chose. Quelque chose de pas correct, dit Nancy.

— Il est peut-être stupide, suggère Rachel.

Sur ce, les quatre éclatent de rire.

— Mais non. C'est tout simplement parce que le père de Marjorie est un perdant, décrète finalement Louise Leblanc.

Bouche bée, je regarde Jessie qui, elle non plus, n'en revient pas.

— Si tu ne leur fais rien, c'est moi qui vais m'occuper d'elles, murmure Jessie, les dents serrées.

— Ne t'inquiète pas, dis-je en me levant, j'en fais mon affaire. Admire le travail.

Je vais donc me planter devant les quatre chipies qui s'interrompent aussitôt.

— Au cas où vous ne l'auriez pas remarqué, je voulais vous dire que je suis assise à la table voisine de la vôtre et que je ne suis pas sourde. J'ai entendu toutes vos inepties proférées contre mon père. Mais je suppose que c'est ce que vous vouliez, n'est-ce pas? (Louise ouvre la bouche pour dire quelque chose, mais je ne lui laisse pas la chance de placer un mot.) C'est tout ce qu'on peut attendre de gens de votre espèce.

— Des gens de notre espèce? répète Valérie, perplexe.

— Oui, des personnes bourrées de préjugés qui n'ont pas pour deux sous de jugeote. Quoi qu'il en soit, je tiens à vous dire que vous pouvez raconter tout ce que vous voulez sur mon compte. Vous pouvez rire de moi et de ma famille. Je m'en moque. Et vous savez pourquoi? Parce que vous n'êtes pas mes amies et que votre opinion ne m'importe pas. Mes vraies amies ne m'ont pas tourné le dos quand mon père a perdu son emploi. Ça ne faisait pas de différence pour elles que mon père soit en chômage ou non. Oh, en passant, même si ça ne vous regarde pas, sachez que mon père n'a pas été congédié parce qu'il ne faisait pas bien son travail. Il a été mis à pied en même temps qu'un bon nombre d'autres employés parce que l'entreprise qui l'employait est en difficulté. Alors vous pouvez continuer vos radotages parce que vous deux, dis-je à Valérie et à Rachel, vous n'êtes plus mes amies, et que vous deux (Louise et Nancy), vous ne l'avez jamais été. Autre chose, ajouté-je en regardant de nouveau Rachel et Valérie. Louise Leblanc et Nancy O'Neil ne sont pas vos amies non plus. Elles ne savent pas ce que c'est la véritable amitié. Elles savent seulement profiter des gens.

Sur ce, je retourne à ma place et je continue à manger comme s'il ne s'était rien passé pendant que Valérie et ses petites copines me regardent, sidérées. Je leur ai cloué le bec à ces salopes !

— Marjorie ! s'exclame Jessie. Je ne peux pas croire que tu aies fait ça !

— Moi non plus, dis-je.

Soudain, je m'aperçois que je tremble de tous mes membres. Mais je n'ai aucun regret. Je crois qu'elles ont compris le message. Rachel et Valérie ne m'adresseront probablement plus jamais la parole, mais je sais qu'elles ont aussi fini de me ridiculiser.

Le lendemain après-midi, je garde les jeunes Demontigny.

— Marjorie ! Marjorie ! Où es-tu ? crie Amanda en rentrant de l'école.

— Je suis là, dis-je en sortant de la cuisine. Qu'est-ce qui se passe ?

— Ton truc a fonctionné, dit Amanda en se précipitant dans mes bras. Maxime aussi l'a essayé. Hein, Max ?

— Ouais, répond celui-ci.

— On a dit à nos amis qu'il n'y avait plus de baignade quand on se fait garder. Ensuite, j'ai invité Karen, Anabelle, Lucie et Marie à venir jouer à l'escargot dans notre allée de garage.

— Et j'ai invité Timothée et William pour jouer au basket, ajoute Maxime.

— Et tout le monde va venir, sauf Anabelle, continue Amanda. Même Karen. Sa mère vient la reconduire.

— Et pourquoi Anabelle a-t-elle refusé ? demandé-je.

— Elle a dit qu'elle n'était pas intéressée, répond Amanda. Je l'ai trouvée très mal élevée.

— Tu as bien raison, dis-je.

— Mais je ne l'aimais pas beaucoup, de toute façon. Et comme tu l'avais dit, on sait maintenant qui sont nos vrais amis. Ce sont ceux qui veulent venir jouer avec nous, même s'ils ne peuvent pas se baigner !

Les jeunes invités arrivent bientôt. Garçons et filles forment immédiatement deux groupes. Les garçons jouent au basket-ball à une extrémité de l'allée de garage, tandis qu'à l'autre bout, les filles jouent sagement à l'escargot.

Les sept enfants s'amusent calmement tout l'après-midi sans que personne ne mentionne la piscine. Mais bientôt, Amanda vient me trouver et me chuchote à l'oreille :

— Maintenant que je sais qui sont mes vrais amis, je vais leur dire que le règlement est encore changé. J'ai vraiment envie de me baigner.

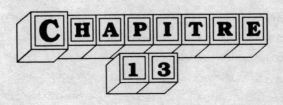

CHAPITRE 13

Vendredi

Aujourd'hui, j'ai gardé
Becca et Jaja tandis que
tante Lecilia allait faire
des emplettes. Comme
d'habitude, nous nous sommes
bien amusées. Vanessa et
Charlotte sont venues jouer
avec Becca. Marjorie,
sais-tu ce que fait Vanessa
à l'école pour gagner des
sous ? J'imagine que tu
es au courant. Lorsque
Becca me l'a dit, j'ai été
étonnée. Mais maintenant,
je pense que c'est plutôt
drôle. Les filles ont joué

91

aux agents secrets (Vanessa
leur a montré comment) et
Jaja, lui, s'en est donné à
cœur joie à monter et à
descendre l'escalier. J'ai donc
passé une bonne partie de
l'après-midi ... dans l'escalier.
Lorsqu'il a enfin décidé de
faire autre chose, j'étais plus
fatiguée que lui !

Non, je n'étais absolument pas au courant de ce que
mijotait Vanessa. J'ai donc été bien étonnée lorsque Jessie
me l'a appris. Voici comment Jessie a découvert le « travail » de Vanessa.

Tante Cécile se prépare à sortir pour l'après-midi. Jaja
vient tout juste de terminer sa sieste et Becca et Jessie
rentrent de l'école.

— Bon, c'est Jessie qui vous garde pendant mon
absence. Becca, écoute ta sœur. Je serai au centre commercial. Jessie, tu sais où rejoindre tes parents en cas
d'urgence, n'est-ce pas?

Évidemment qu'elle le sait. Elle ne fait pas partie du
Club des baby-sitters pour rien!

— Nous allons nous débrouiller, tante Cécile, se
contente de dire Jessie. Ne t'inquiète pas.

Dès qu'elles entendent démarrer la voiture de leur
tante, Becca et Jessie se regardent.

— Hourra! s'écrie Becca. Tout un après-midi *sans* tante Cécile!

— Oui, super! convient Jessie. Qu'est-ce que tu veux pour collation? Comme tu-sais-qui n'est pas là, on va en profiter.

Becca choisit des biscuits aux figues et un verre de jus, tandis que Jessie opte pour un gros morceau de gâteau au chocolat et un verre de lait. Elle installe Jaja dans sa chaise haute et lui donne une bouteille de jus et un biscuit à la farine d'avoine.

— Ah, c'est la belle vie! fait Becca en soupirant. J'aime ça quand c'est toi qui me gardes, Jessie.

— Moi aussi j'aime bien te garder. Peut-être que lorsque tante Cécile sera à Nouville depuis assez longtemps, elle se fera des amis et sortira plus souvent.

Soudain, Becca se redresse sur sa chaise et crache littéralement sa bouchée de biscuit dans sa serviette de table.

— Qu'est-ce qu'il y a? demande Jessie. Ton biscuit n'est pas bon?

— Non, non, répond Becca. C'est que je viens tout juste de penser à Vanessa et j'ai eu des remords.

— Qu'est-ce que tu veux dire au juste?

— Bien, tu vois, Vanessa ne peut plus manger ce qui lui fait envie pour collation. C'est à cause de son père.

Jessie hoche la tête pour indiquer qu'elle comprend la situation.

— Mais elle pourra peut-être recommencer à manger de bonnes collations bientôt, poursuit Becca.

— Vraiment? Et pourquoi donc?

— Parce que Vanessa et ses frères et sœurs gagnent tous de l'argent.

— Oui, c'est vrai. Marjorie m'en a parlé. Mais est-ce que tu sais si Vanessa a réussi à vendre ses poèmes à des magazines?

— Des poèmes? Mais non. Elle se fait appeler Mademoiselle Vanessa et coiffe des élèves dans la cour d'école.

— Pardon? fait Jessie qui manque de s'étouffer avec sa gorgée de lait. Vanessa est devenue coiffeuse?

— C'est ça.

— Est-ce qu'elle est bonne? veut savoir Jessie.

— Je pense que oui. Aujourd'hui, elle a fait des tresses françaises à Anne-Marie Lacas et elle a aussi coiffé Maude Dupuis. Maude a des cheveux bruns ternes et raides. Vanessa les a ramenés en queue de cheval sur un côté. Maude était vraiment changée. Ça lui allait très bien.

— Je suis contente pour Vanessa, déclare Jessie.

— Moi aussi. Tu sais, il y en a qui lui disent des méchancetés à cause de son père. C'est la même chose pour les triplets et pour Nicolas. Même Margot et Claire se font agacer.

— Ouais, Marjorie aussi se fait harceler à l'école... Hé, que dirais-tu d'inviter Vanessa cet après-midi? demande Jessie à sa petite sœur.

— Je peux?

— Bien sûr. Appelle-la.

Becca téléphone donc chez moi et Vanessa, ravie de l'invitation, sonne chez les Raymond vingt minutes plus tard.

Becca invite aussi Charlotte Jasmin, sa meilleure amie, et Vanessa leur montre à jouer aux agents secrets, un jeu que mon frère Joël a inventé. Ce jeu consiste à espionner des personnes, réelles ou imaginaires. Le chef des agents secrets envoie les autres en mission. Plus le jeu progresse, plus ça devient difficile et risqué. Pour chaque mission accomplie, les agents secrets reçoivent une médaille.

Vanessa explique le déroulement du jeu à Becca, Charlotte et Jessie. Celle-ci essaie de trouver quelqu'un à espionner et décide finalement de ne pas s'en mêler.

— N'allez pas embêter tout le monde. Je ne veux pas que vous alliez espionner dans les fenêtres des voisins ou des choses du genre, avertit-elle.

Les filles sortent de la cuisine, puis Jessie descend Jaja de sa chaise haute et lui demande ce qu'il a envie de faire. Comme celui-ci ne peut lui répondre avec des mots, il prend la main de Jessie et l'entraîne vers l'escalier.

— En haut! dit-il.

Ce disant, il commence à monter laborieusement l'escalier, soutenu par Jessie. Une marche. Une autre. Et une autre encore... Lorsqu'ils arrivent enfin en haut, Jaja se retourne aussitôt et déclare:

— En bas!

Pauvre Jessie. Elle a une patience d'ange. Une marche. Une autre. Et une autre encore.

— En haut! déclare Jaja lorsqu'il est arrivé en bas.

Oh! la la! soupire Jessie.

Ils sont à mi-chemin dans l'escalier quand Jessie entend un bruit. Elle regarde derrière elle: rien. Une marche. Une autre. Une autre encore... Encore du bruit. Jessie regarde de nouveau et cette fois, elle aperçoit un éclair rouge qui disparaît derrière une porte.

— Ha ha, dit Jessie à son petit frère. Je crois qu'on nous espionne. Quelqu'un est en mission secrète.

— En bas! de répondre Jaja.

En aidant Jaja à se retourner, Jessie aperçoit sa sœur du coin de l'œil.

Vingt minutes plus tard, Jaja est fatigué de son jeu et Jessie s'installe avec lui devant la télé pour regarder *Dumbo l'éléphant volant*. Elle fait semblant de ne pas voir Vanessa qui jette un coup d'œil dans la pièce, écrit quelque chose sur un bloc-notes et disparaît.

Vers dix-sept heures, Jessie a la preuve que les filles les ont espionnés, elle et Jaja, tout l'après-midi.

— J'ai obtenu ma médaille bleue, déclare fièrement Charlotte. J'ai complété trois missions secrètes.

— Et moi, j'en ai accompli quatre. J'ai obtenu ma médaille verte, dit Becca.

— Où sont les médailles? demande Jessie.

— Joël va les fabriquer, c'est lui le chef des agents secrets, répond Vanessa le plus sérieusement du monde.

Puis, Charlotte s'en va et c'est bientôt au tour de Vanessa de partir.

— Je vous remercie beaucoup de m'avoir invitée, dit-elle. Ça m'a fait plaisir.

Je sais ce que ressent ma sœur: elle est heureuse de savoir qu'elle a encore des amies.

Vanessa arrive à la maison en même temps que le téléphone sonne. Comme c'est le cas ces derniers temps, papa se précipite sur l'appareil.

— Allô? Oui, c'est moi… Oui… Oui, effectivement… Vraiment?… Mardi? Bien sûr. C'est parfait. Merci. Au revoir.

— Papa? Qui était-ce? dis-je.

— Le vice-président d'une compagnie où j'ai envoyé mon curriculum vitae. Il l'a lu et veut me rencontrer mardi. Il a aussi parlé à mon ancien employeur qui lui a donné d'excellentes références.

— Papa, c'est fantastique! crié-je en lui sautant au cou.

— Ne nous excitons pas trop, répond papa en souriant. Ce n'est qu'une entrevue. Je n'ai pas encore l'emploi.

— D'accord, dis-je.

J'appelle aussitôt Jessie pour lui annoncer la bonne nouvelle.

— Papa a une entrevue mardi pour un emploi dans une grosse compagnie!

— C'est merveilleux! s'exclame Jessie.

— Oui, mais ce n'est qu'une entrevue. Ne nous excitons pas trop! dis-je, même si je suis déjà au comble de l'énervement.

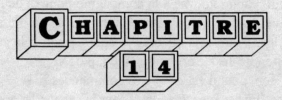

CHAPITRE 14

Papa a son entrevue mardi. Je crois que toute la famille est aussi nerveuse que lui. À l'école, j'ai peine à me concentrer. Dès que la cloche sonne, je me précipite dehors et sans même attendre Jessie, je cours jusqu'à la maison. Tout le long du trajet, je garde les doigts croisés, convaincue de pouvoir ainsi influencer le sort.

— Papa! Papa! crié-je en entrant dans la maison.

— Marjorie? fait papa.

— L'as-tu eu?

— Eu quoi? L'emploi?

— Bien sûr, quoi d'autre?

— Oh, je ne le sais pas encore, ma princesse.

— Comment ça? Quand vas-tu le savoir, dis-je avec déception.

— Je ne sais pas. J'ai une autre entrevue, jeudi.

— Mon Dieu, que c'est compliqué!

— Tu en as assez d'avoir un père chômeur? taquine papa.

— Au moins, maintenant tu es capable d'en rire, dis-
je.

Jeudi, papa retourne à la compagnie pour sa deuxième
entrevue, et moi, je passe une autre journée à me ronger
les sangs. Cette fois encore, je cours jusqu'à la maison
sans attendre Jessie et j'entre en coup de vent.

— Bon, quand est-ce que tu commences?

Papa, qui bricole avec Claire dans la cuisine, m'accueille
avec un sourire piteux.

— Peut-être après la troisième entrevue.

— Une *troisième* entrevue? m'écrié-je. Quand?

— Demain.

— Pourquoi toutes ces entrevues? Est-ce que c'est bon
signe ou mauvais signe?

— C'est bon signe. Cela signifie qu'ils sont intéressés.
Ils veulent me faire rencontrer tous les cadres supérieurs.

— Quelle barbarie! Ils pourraient te les faire rencontrer tous en même temps au lieu de te faire attendre et
attendre.

— C'est peut-être une compagnie qui aime torturer ses
futurs employés, blague papa.

Vendredi je ne peux malheureusement pas m'en aller
directement à la maison. Je garde chez les Demontigny et
il y a la réunion du CBS. Je sors de chez Claudia avant
même qu'il soit dix-huit heures et une et je fais le trajet
jusque chez moi en un temps record de sept minutes. En
mettant le pied dans la maison, je sais le résultat. La

famille au grand complet est réunie au salon et tous affichent un large sourire.

— Tu l'as eu, n'est-ce pas? demandé-je à papa en chuchotant.

Celui-ci me répond par un hochement de tête. Je pousse un cri de joie et je saute dans ses bras. Aussitôt, comme si mon geste avait été un signal, nous nous embrassons les uns les autres, pendant que Claire n'arrête pas de répéter:

— Je vais pouvoir avoir ma Skipper, maintenant! Je vais pouvoir avoir ma Skipper, maintenant!

— Alors, raconte, dis-je à papa lorsque le calme est enfin rétabli.

— Eh bien, je vais être avocat pour cette compagnie et je ferai sensiblement le même travail qu'auparavant. Le salaire est moins élevé, mais j'aurai probablement une promotion l'année prochaine. Pour compenser la différence de revenus, votre mère va continuer à travailler à temps partiel. Nous discuterons de garde et de gardiennes plus tard.

— Pour l'instant, nous allons célébrer cette excellente nouvelle par un repas en famille... cuisiné par votre père, dit maman.

— Cuisiné par papa? répète Antoine.

— Hé, je suis devenu bon cuisinier, se défend papa. J'ai préparé vos aliments préférés: du navet, de l'aubergine, des choux de Bruxelles...

— Ouach! fait Antoine.

— Papa, tu n'a pas vraiment préparé ça, hein? demande Nicolas.

— Non, répond papa. Au menu ce soir: hamburgers, frites et salade!

— Et nous avons même un dessert spécial, ajoute maman.

— Youpi !! s'écrie Joël.

Quinze minutes plus tard, nous sommes tous attablés dans la salle à manger. Même s'il n'y a que des hamburgers au menu, maman a sorti la nappe des grands jours, la porcelaine fine et l'argenterie.

— Quand est-ce que tu commences ton nouveau travail, papa ? demande Bernard.

— Dans une semaine. Et maintenant que j'ai trouvé un emploi, je vais pouvoir me détendre un peu. Je me sens plus soulagé.

— Tant mieux, dis-je, car nous étions tous inquiets à ton sujet.

— On était inquiets au sujet de bien des choses, ajoute Vanessa.

— Dites-moi ce qui vous tracassait le plus, demande maman.

— L'argent surtout, répond Margot. On avait peur de perdre la maison.

— Perdre la maison ! s'exclame papa.

— Ouais, fait Claire, à cause de l'hyquopète.

— L'hypothèque, Claire, corrige Joël. Marjorie nous a dit que la banque possède une partie de la maison et que nous devons la rembourser tous les mois.

— Et que si on ne peut plus payer, la banque va nous prendre notre maison, ajoute Margot.

— Tout cela est vrai, convient papa et je suis certain que beaucoup de gens perdent leur maison ainsi. Mais vous n'avez rien à craindre. Mon ancien employeur me verse une indemnité de licenciement. En fait, c'est mon salaire que je continue à recevoir pour un certain temps.

Les triplets me regardent comme s'ils voulaient me fusiller.

— Je ne savais pas *ça*, leur dis-je.

— Tu m'as fait faire tout ce travail pour rien! s'écrie Joël.

— Je ne t'y ai pas obligé. Tu l'as fait de ton plein gré.

— Les enfants, intervient maman, je veux que vous sachiez que nous sommes très fiers de vous. Vous avez affronté cette situation avec beaucoup de courage et de détermination.

— Merci, mais ça n'a pas toujours été facile, dis-je.

— Je sais. Vous avez travaillé fort pour gagner votre argent.

— Oh, il n'y avait pas que l'argent. On a eu des problèmes à l'école.

— Des problèmes? répète papa. Vous aviez tous de bonnes notes pourtant.

— Un autre genre de problème, déclare Vanessa. À l'école, il y avait des élèves qui étaient, hum…

— Qui étaient méchants, termine Claire.

— Vraiment? fait papa.

— Oui, ils se moquaient de nous parce qu'on n'avait pas d'argent pour les sorties éducatives ou pour acheter notre dîner, avoue Bernard.

— Oui et d'autres ont été encore plus méchants, dis-je. Mais ça m'a donné l'occasion de savoir qui sont mes vraies amies.

— Quoi qu'il en soit, intervient maman, vous avez fait preuve de beaucoup d'initiative. Vous avez trouvé toutes sortes de moyens de gagner de l'argent.

— Pour ma part, je n'ai rien fait de bien original. J'ai gardé comme d'habitude, sauf que je vous ai donné mes gains, dis-je.

— Moi, je pense qu'on a fait preuve d'initiative en fondant ABJ inc., déclare Bernard.

— Nous avons eu beaucoup d'appels, ajoute Antoine, très fier de lui. On a promené des chiens, on a tondu des pelouses, et on a même repeint toutes les chaises de jardin de la mère de Diane Dubreuil.

— On va garder notre entreprise, conclut Joël.

— Et moi, je vais continuer à distribuer les journaux, annonce Nicolas.

— CM était aussi une bonne idée, n'est-ce pas ? demande Claire.

— Absolument, ma chérie, la rassure maman.

— On a seulement gagné onze dollars et soixante cents, dit Margot. Nous n'avons pas eu beaucoup de clients à notre comptoir de citronnade.

— Mais vous avez essayé et c'est ce qui compte, déclare papa.

— Vanessa, tu ne dis rien, fait maman. As-tu réellement gagné tout cet argent en vendant tes poèmes ? J'ai bien hâte de te lire. Quels magazines les ont achetés ?

En entendant cela, Vanessa, qui pense que personne n'est au courant de son petit commerce, devient rouge comme une tomate.

— Heu, bien… je… je… bafouille-t-elle, je n'ai pas vendu mes poèmes. J'ai…

Voyant que ma sœur est incapable de dévoiler son secret, je viens à son secours en expliquant son travail de coiffeuse dans la cour d'école. J'ai beau essayer de faire ressortir son talent et sa créativité, il y a beaucoup de gloussements autour de la table. Toutefois, papa et maman se gardent bien de sourire.

— Tu as fait preuve de beaucoup d'initiative, complimente maman.

— Et d'originalité, ajoute papa.

— Bon, qui veut du dessert? demande maman à la fin du repas.

— Moi! crions-nous tous en chœur.

Maman disparaît dans la cuisine et en revient avec un gros gâteau au chocolat de la pâtisserie. Dessus, c'est écrit en belles lettres à la glace jaune: FÉLICITATIONS!

Au bout d'un quart d'heure, il ne reste plus une miette de gâteau. (Il ne faut pas oublier que nous somms dix à table.) Lorsque la vaisselle est lavée et la cuisine rangée, maman propose de continuer la fête en regardant des films et des vidéos de la famille. Nous nous réunissons donc tous dans la salle de jeu et là, nous regardons d'abord le mariage de papa et maman. Nous nous exclamons ensuite en voyant la scène où je fais mes premiers pas, et celle des triplets dans leurs chaises hautes, tout barbouillés de purée de carotte. Puis, nous admirons une œuvre d'art peinte par Vanessa. Ensuite, c'est Nicolas, Margot et Claire qu'on voit au milieu d'une orgie de chocolat un jour de Pâques, et ainsi de suite.

Ce soir, je m'endors immédiatement en me couchant: mes angoisses et mes inquiétudes se sont dissipées.

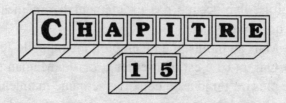

CHAPITRE 15

— Que la fête commence ! crie Sophie.

Je pouffe de rire. C'est samedi soir. Sophie, Diane et Anne-Marie viennent d'arriver chez moi. C'est la première fois que j'organise une pyjamade du CBS. Il y en a eu plusieurs chez Christine et chez les autres membres, mais jamais chez Jessie ni chez moi. Je suis un peu nerveuse, mais surtout excitée. Apparemment, Sophie l'est autant que moi.

— Venez, on va s'installer dans la salle de jeu parce qu'il n'y a pas assez de place dans ma chambre.

Diane, Anne-Marie et Sophie me suivent à la salle de jeu et y déroulent leurs sacs de couchage. À dix-huit heures trente, les sept membres du Club des baby-sitters sont arrivées.

— Alors, qu'est-ce qu'on mange ? demande Claudia. Je meurs de faim.

— Des sous-marins. Papa va les prendre au restaurant en revenant du bureau.

— Oh, dis donc, fait Sophie en vidant le contenu de sa trousse à maquillage sur ses genoux, comment ça va à son travail?

— Il est content. Il dit que ses collègues sont gentils. Toutefois, il n'occupe pas exactement les mêmes fonctions qu'auparavant.

— Mais au moins, il a un emploi, me rappelle Jessie.

— Oui, et ça c'est merveilleux, dis-je. Maman ne travaille plus qu'un jour ou deux par semaine maintenant.

— Ouach! Mais qu'est-ce que c'est que ça? s'écrie Christine en regardant une grosse tache verdâtre et visqueuse sur son chandail.

— Antoine! crié-je.

Pas de réponse. Je me retourne vers Christine.

— Antoine vient de te décocher un tir de son super fusil à pâte. C'est comme du shampoing. Ça part au lavage et ça ne tache pas.

Mes amies éclatent de rire, mais moi, je ne trouve pas ça drôle. Je n'ai pas l'intention de laisser les triplets me gâcher ma première pyjamade.

— Antoine! Joël! Bernard!

— C'est peut-être Nicolas, suggère Diane.

— Non, je suis certaine que...

— Ouach! J'en ai dans les cheveux! s'exclame Claudia.

— Cette fois, ça suffit! dis-je pendant que Christine et Claudia se précipitent dans la salle de bains.

Je suis sur le point de monter l'escalier quand papa entre par la porte du garage.

— La bouffe! crie Claudia en sortant de la salle de bains.

Papa nous salue et distribue les sous-marins sans même prendre le temps d'ôter son veston. Lorsque je me plains d'Antoine et de son fusil à pâte, il promet de « veiller à ce que ça ne se reproduise plus. »

— J'ai gardé Amanda et Maxime, cet après-midi, dit Christine pendant que nous dévorons les sous-marins.

— Comment vont-ils? (J'ai terminé mon «contrat» d'un mois et je ne les ai pas vus depuis une semaine au moins.)

— Très bien. Et grâce à toi, il n'y a plus de problème au sujet de la piscine. Les enfants ont invité Karen et Timothée. Les deux avaient apporté leur maillot de bain, mais quand ils ont vu que Maxime et Amanda ne portaient pas le leur, ils n'ont pas dit un mot. Ils se sont comportés comme des invités bien élevés.

— Est-ce qu'il y a des enfants qui sont arrivés sans invitation? dis-je.

— Non, réplique Christine, la bouche pleine. Je pense qu'il y a eu un changement dans les règlements qui concernent la piscine.

— C'est bien, dis-je. Amanda et Maxime ont compris qu'ils ne peuvent pas acheter l'amitié des autres enfants. Hé, les filles, vous ne devinerez jamais ce qui est arrivé après-midi!

— Quoi? Quoi? demandent-elles en chœur.

— *Rachel* m'a téléphoné.

— Rachel!? fait Jessie.

— Oui, Rachel. Elle avait entendu parler de notre petite fête de ce soir et elle aurait bien voulu se faire inviter. Je pense que Valérie était avec elle parce que j'entendais des chuchotements.

— Qu'est-ce que tu lui as dit? veut savoir Sophie.

— Je lui ai dit clairement que j'organisais cette fête

pour *mes* amies. Alors Rachel s'est mise à minauder. Elle a dit que toutes ces disputes étaient des enfantillages et que de toute façon, c'était maintenant chose du passé. Alors je lui ai répondu : « C'est chose du passé parce que mon père n'est plus en chômage ? » Ensuite, je lui ai dit d'appeler Louise ou Nancy et j'ai raccroché. Je ne sais pas si...

— Hé, j'ai une idée, s'écrie Christine. On va jouer des tours au téléphone à Louise Leblanc et à Nancy O'Neil. Elles ne l'auront pas volé !

— Oh oui, dis-je en riant. Est-ce qu'on fait le tour préféré de Sébastien ?

— Oui, et ensuite, on va faire l'appel des homards.

— Les homards ? répétons-nous, Jessie et moi.

— Vous allez voir tantôt, se contente de répondre Anne-Marie.

Après avoir terminé notre repas, ramassé les papiers et les bouteilles de soda vides, nous formons cercle autour du téléphone dans la cuisine.

— On va commencer par Louise vu qu'elle est pire que Nancy, et parce que c'est un appel plus dérangeant, déclare Christine. N'importe qui, sauf Marjorie, peut appeler en premier. Je pense que Marjorie devrait faire le dernier appel.

— Dans ce cas-là, j'y vais la première, déclare Jessie en prenant le téléphone et en composant le numéro de Louise. Allô, est-ce que je peux parler à Paulette, s'il vous plaît ? demande-t-elle d'un ton candide. Comment ? Il n'y a pas de Paulette à ce numéro ?

Elle raccroche et nous éclatons de rire. Pendant la demi-heure qui suit, Christine, Sophie, Claudia, Anne-

Marie et Diane appellent à tour de rôle et demandent à parler à Paulette. Diane signale que Louise semble particulièrement agacée après son appel.

— Parfait, dis-je en composant son numéro à mon tour.

— Qu'est-ce que c'est encore? crie Louise en répondant.

— C'est Paulette, dis-je. Y a-t-il des messages pour moi?

— Marjorie Picard? Est-ce que c'est toi?

— Non, c'est Paulette, dis-je avant de raccrocher au milieu de l'hilarité générale.

— Bon, maintenant, occupons-nous de Nancy, annonce Christine quand nous avons retrouvé notre calme. Qui va faire l'appel des caisses de homards?

À la surprise générale, Anne-Marie se propose.

— Je vais le faire, dit-elle. Je peux imiter l'accent de Louis à la perfection. (Un accent acadien semble indispensable pour réussir cet appel.)

Nous cherchons le numéro de Nancy dans l'annuaire, puis Anne-Marie le compose.

— Allô, puis-je parler à Nancy, s'il vous plaît? demande-t-elle à son interlocuteur de sa voix normale. Allô, mademoiselle Nancy O'Neil? dit-elle en empruntant la voix de la Sagouine. C'est mademoiselle Martin de Shediac Homard inc., au Nouveau-Brunswick. Les vingt-quatre caisses de homards vivants que vous avez commandées sont prêtes. Comment allons-nous effectuer la livraison? Par avion ou par autobus?

Naturellement, Nancy doit avoir répondu quelque chose comme: «Quelles caisses de homards?» Alors

Anne-Marie, qui, d'habitude, ne sait pas mentir, prend une voix tremblante et insiste auprès de sa «cliente».

— Mais vous avez bien commandé deux douzaines de caisses de homards vivants! J'ai le bon de commande sous les yeux! Mademoiselle Nancy O'Neil de Nouville, au Québec.

Je ne sais pas trop ce que lui répond Nancy, mais Anne-Marie devient de plus en plus contrariée et mentionne même que son patron va sûrement la congédier si elle ne livre pas la marchandise et si elle ne récupère pas les mille dollars que Nancy doit à Shediac Homard inc. Lorsqu'Anne-Marie raccroche enfin en disant qu'elle va perdre son emploi à cause de Nancy, elle pleure pour vrai! Quant à nous, nous sommes mortes de rire et nous avons dû nous cacher le visage dans des oreillers pour éviter que Nancy ne nous entende.

— Eh bien, je crois que nous leur avons rendu la monnaie de leur pièce à ces deux raseuses, dis-je d'un ton satisfait.

Nous venons tout juste de retourner dans la salle de jeu quand papa vient nous rejoindre et me remet le super fusil à pâte.

— Tiens, ma princesse. J'ai trouvé cette chose cachée sous l'évier de la salle de bains d'en haut. Je me suis dit que tu saurais peut-être quoi en faire, ajoute-t-il en souriant.

— Merci, papa, dis-je. Eh bien, les filles, avez-vous une idée?

— Oh oui! déclarent mes amies d'une même voix.

Nous allons mener un raid punitif dans la chambre des triplets et nous revenons ensuite dans la salle de jeu. Puis, étendues dans nos sacs de couchage, nous bavardons de tout et de rien, de nos peurs et de nos rêves, jusque tard dans la nuit.

C'est l'une des plus belles soirées de ma vie.

Quelques notes sur l'auteure

Pendant son adolescence, ANN M. MARTIN a gardé beaucoup d'enfants, à Princeton, au New Jersey. Maintenant, elle ne garde plus que Mouse, son chat, qui vit avec elle dans son appartement de Manhattan, dans le centre de New York.

Elle a publié plusieurs autres livres dans la collection *Le Club des baby-sitters.*

Elle a été directrice de publication de livres pour enfants, après avoir obtenu son diplôme du Smith College.

40

CLAUDIA ET LA
TRICHEUSE

Quatre gardiennes fondent leur club

Ann M. Martin

Adapté de l'américain par
Sylvie Prieur

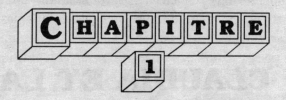

CHAPITRE 1

— Donc, si Gertrude a utilisé deux tiers de tasse de chocolat pour faire huit biscuits, combien de chocolat contient chaque biscuit ? me demande Josée.

— Chaque biscuit contient… euh !…

Je déteste cette Gertrude. Qu'est-ce que ça donne de savoir combien de chocolat contient chaque biscuit ? Je ne me pose jamais la question quand je mange des biscuits au chocolat !

Pour m'encourager, Josée hoche la tête et me sourit comme si j'avais déjà trouvé la réponse. Levant les yeux, je cherche l'inspiration dans le portrait de Mimi, qui est suspendu au-dessus de mon bureau. Ensuite, je reviens au problème.

— Un douzième ? Un douzième de tasse chacun ? dis-je à la fin.

— Exact ! s'exclame Josée avec un grand sourire. Bravo ! Cette fois, je crois que tu as compris.

Bon, on sait maintenant combien de chocolat Gertrude met dans ses biscuits. Mais vous ne savez pas qui je suis, qui est Josée et qui est cette Mimi sur le portrait.

Je suis Claudia Kishi, j'ai treize ans et je fréquente l'école secondaire de Nouville. J'ai de longs cheveux noirs et des yeux en amande (je suis d'origine japonaise) et comme on a pu s'en rendre compte, je ne suis pas ce qu'on appelle une «bolée». En fait, j'étudie actuellement pour un examen de rattrapage. Je ne suis pas très douée pour les maths, ni pour les sciences d'ailleurs.

Par contre, je suis très douée pour les arts plastiques. J'adore le dessin, la peinture, la sculpture, les collages… Vous voyez le tableau?

Josée est ma sœur. Papa, maman, Josée et moi formons une famille très unie. Papa est courtier en valeurs mobilières, ma mère est bibliothécaire, et Josée est un génie. Oui, oui, un vrai génie. En plus de ses cours au cégep, elle suit des cours universitaires par correspondance.

Mimi, celle qui figure sur le portrait, était ma grand-mère. Elle est morte il y a peu de temps et elle me manque terriblement. Elle était douce et calme et me comprenait mieux que quiconque. Il m'arrive de ne pas croire que je ne la reverrai plus jamais. Mais elle occupera toujours une place spéciale dans mon cœur. Je n'ai qu'à penser à elle ou à regarder son portrait pour me sentir près d'elle.

Qu'est-ce que vous voudriez savoir d'autre sur moi? J'adore garder les enfants. C'est d'ailleurs pour cette raison que je fais partie du Club des baby-sitters. Je raffole aussi des romans policiers… et des friandises! Toutefois, mes parents voudraient me voir lire des grands classiques et n'acceptent pas du tout que je mange de camelote alimentaire. «Une saine alimentation…», enfin tout le monde connaît la rengaine.

Voici un avant-goût de ce qui se passe dans certains autres livres de cette collection :

#5 Diane et le terrible trio

Ce n'est pas facile d'être la dernière recrue du Club des baby-sitters. Diane se retrouve avec trois petits monstres sur les bras. De plus, Christine croit que les choses allaient mieux sans Diane. Mais qu'à cela ne tienne, Diane n'a pas l'intention de s'en laisser imposer par personne, pas même par Christine.

#6 Christine et le grand jour

Le grand jour est enfin arrivé : Christine est demoiselle d'honneur au mariage de sa mère ! Et, comme si ce n'était pas suffisant, elle et les autres membres du Club des baby-sitters doivent garder quatorze enfants. Seul le Club des baby-sitters est en mesure de relever un tel défi.

#7 Cette peste de Josée

Cet été, le Club des baby-sitters organise une colonie de vacances pour les enfants du voisinage. Claudia est telle-ment contente ; ça va lui permettre de s'éloigner de sa peste de grande soeur ! Mais sa grand-mère Mimi a une attaque qui la paralyse… et tous les projets d'été sont chambardés.

#8 Les amours de Sophie

Qui veut garder des enfants quand il y a de si beaux garçons alentour ? Sophie et Anne-Marie partent travailler sur une plage du New Jersey et Sophie est obnubilée par un beau sauveteur du nom de Scott. Anne-Marie travaille pour deux… mais comment pourra-t-elle dire à Sophie sans lui briser le coeur que Scott est trop vieux pour elle ?

#9 Diane et le fantôme

Des escaliers qui craquent, des murs qui parlent, un passage secret… il y a sûrement un fantôme chez Diane! Les gardiennes et un de leurs protégés baignent dans le mystère. Vont-elles réussir à le résoudre?

#10 Un amoureux pour Anne-Marie

La douce et timide Anne-Marie a grandi… et ses amies ne sont pas les seules à l'avoir remarqué. Louis Brunet est amoureux d'Anne-Marie! Il est beau comme un coeur et veut se joindre au Club des baby-sitters. La vie du Club n'a jamais été aussi compliquée… ni amusante!

11 Christine chez les snobs

Christine vient de déménager et les filles du voisinage ne sont pas très sympathiques. En fait… elles sont snobs. Elles tournent tout au ridicule, même le vieux colley Bozo. Christine est enragée. Mais si quelque chose peut venir à bout d'une attaque de pimbêches, c'est bien le Club des baby-sitters. Et c'est ce qu'on va voir!

#12 Claudia et la nouvelle venue

Claudia aime beaucoup Alice, toute nouvelle à l'école. Alice est la seule à prendre Claudia au sérieux. Claudia passe tellement de temps avec Alice, qu'elle n'en a plus à consacrer au Club et à ses anciennes amies. Ces dernières n'aiment pas ça du tout!

#13 Au revoir, Sophie, au revoir!

Sophie et sa famille retournent vivre à Toronto. Cette nouvelle suscite beaucoup de pleurs et de grincements de dents! Les membres du Club veulent souligner son départ de façon spéciale et lui organiser une fête qu'elle n'oubliera pas de si tôt. Mais comment dit-on au revoir à une grande amie?

#14 Bienvenue, Marjorie!

Marjorie Picard a toujours eu beaucoup de succès en gardant ses frères et sœurs plus jeunes. Mais est-elle assez fiable pour entrer dans le Club des baby-sitters? Les membres du Club lui font passer toutes sortes de tests. Marjorie en a assez… Elle décide de fonder son propre club de gardiennes!

#15 Diane… et la jeune Miss Nouville

Mme Picard demande à Diane de préparer Claire et Margot au concours de Jeune Miss Nouville. Diane tient à ce que ses deux protégées gagnent! Un petit problème… Christine, Anne-Marie et Claudia aident Karen, Myriam et Charlotte à participer au concours, elles aussi. Personne ne sait où la compétition est la plus acharnée: au concours… ou au Club des baby-sitters!

#16 Jessie et le langage secret

Jessie a eu de la difficulté à s'intégrer à la vie de Nouville. Mais les choses vont beaucoup mieux depuis qu'elle est devenue membre du Club des baby-sitters! Jessie doit maintenent relever son plus gros défi: garder un petit garçon sourd et muet. Et pour communiquer avec lui, elle doit apprendre son langage secret.

#17 La malchance d'Anne-Marie

Anne-Marie trouve un colis et une note dans sa boîte aux lettres. «Porte cette amulette, dit la note, ou sinon.» Anne-Marie doit faire ce que la note lui ordonne. Mais qui lui a envoyé cette amulette? Et pourquoi a-t-elle été envoyée à Anne-Marie? Si le Club des baby-sitters ne résout pas rapidement le mystère, leur malchance n'aura pas de fin!

#18 L'erreur de Sophie

Sophie est au comble de l'excitation! Elle a invité ses amies du Club des baby-sitters à passer la longue fin de semaine à Toronto. Mais quelle erreur! Décidément, les membres du Club ne sont pas à leur place dans la grande ville. Est-ce que cela signifie que Sophie n'est plus l'amie des Baby-sitters?

#19 Claudia et l'indomptable Bélinda

Claudia n'a pas peur d'aller garder Bélinda, une indomptable joueuse de tours. Après tout, une petite fille n'est pas bien dangereuse… *Vraiment?* Et pourquoi Claudia veut-elle donc abandonner le Club? Les Baby-sitters doivent donner une bonne leçon à Bélinda. La guerre des farces est déclarée!

#20 Christine face aux Matamores

Pour permettre à ses jeunes frères et à sa petite sœur de jouer à la balle molle, Christine forme sa propre équipe. Mais les Cogneurs de Christine ne peuvent aspirer au titre de champions du monde avec un joueur comme Jérôme Robitaille, dit La Gaffe, au sein de l'équipe. Cependant, ils sont imbattables quand il s'agit d'esprit d'équipe!

#21 Marjorie et les jumelles capricieuses

Marjorie pense que ce sera de l'argent facilement gagné que de garder les jumelles Arnaud. Elles sont tellement adorables! Martine et Caroline sont peut-être mignonnes… mais ce sont de véritables pestes. C'est un vrai cauchemar de gardienne — et Marjorie n'a pas dit son dernier mot!

#22 Jessie, gardienne... de zoo !

Jessie a toujours aimé les animaux. Alors, lorsque les Mancusi ont besoin d'une gardienne pour leurs animaux, elle s'empresse de prendre cet engagement. Mais quelle affaire ! Ses nouveaux clients ont un vrai zoo ! Voilà un travail de gardienne que Jessie n'oubliera pas de si tôt !

#23 Diane en Californie

Le voyage de Diane en Californie est encore plus merveilleux qu'elle ne l'avait espéré. Après une semaine de rêve, elle commence à se demander si elle ne restera pas sur la côte ouest avec son père et son frère... Diane est Californienne de coeur... mais pourra-t-elle abandonner Nouville pour toujours ?

#24 La surprise de la fête des Mères

Les Baby-sitters cherchent un cadeau spécial pour la fête des Mères. Or, Christine a une autre de ses idées géniales : offrir aux mamans une journée de congé... sans enfants. Quel cadeau ! Mais la mère de Christine réserve elle aussi une surprise à sa famille...

#25 Anne-Marie à la recherche de Tigrou

L'adorable petit chat d'Anne-Marie a disparu ! Les Baby-sitters ont cherché Tigrou partout, mais il reste introuvable. Anne-Marie a alors reçu une lettre effrayante par la poste ! Quelqu'un a enlevé son chat et exige une rançon de cent dollars ! Est-ce une blague ou Tigrou a-t-il vraiment été enlevé ?

#26 *Les adieux de Claudia*

Mimi vient de mourir. Claudia comprend qu'elle était malade depuis longtemps, mais elle en veut à sa grand-mère de l'avoir abandonnée. Maintenant, qui aidera Claudia à faire ses devoirs ? Qui prendra le thé spécial avec elle ? Pour éviter de penser à Mimi, Claudia consacre tous ses moments libres à la peinture et à la garde d'enfants. Elle donne même des cours d'arts plastiques à quelques enfants du voisinage. Claudia sait bien qu'elle doit se résigner et accepter le départ de Mimi. Mais comment dit-on au revoir à un être cher… pour la dernière fois ?

#27 *Jessie et le petit diable*

Nouville a la fièvre des vedettes ! Didier Morin, un jeune comédien de huit ans, revient habiter en ville et tout le monde est excité. Jessie le garde quelques fois et, même si les autres enfants le traitent de « petit morveux », elle aime bien Didier. Après tout, c'est un petit garçon bien ordinaire…

#28 *Sophie est de retour*

Les parents de Sophie divorcent. Sophie accepte difficilement cette situation et voilà qu'en plus, elle a un choix à faire : vivre avec son père ou avec sa mère ; vivre à Toronto ou à… Nouville. Quelle décision prendra-t-elle ?

#29 *Marjorie et le mystère du journal*

Sophie, Claudia et Marjorie découvrent une vieille malle au grenier de la nouvelle maison de Sophie. Tout au fond de la malle se cache un journal intime. Marjorie réussira-t-elle à percer le mystère du journal ?

#30 Une surprise pour Anne-Marie

Anne-Marie va vivre une expérience spéciale : le mariage de son père avec la mère de Diane. Les deux baby-sitters souhaiteraient une grande cérémonie avec les robes, les cadeaux et le gâteau qui vont de pair… Après tout, elles deviendront bientôt deux soeurs.

#31 Diane et sa nouvelle soeur

Diane a toujours rêvé d'avoir une soeur. Mais maintenant qu'elle et Anne-Marie vivent sous le même toit, Anne-Marie ressemble plutôt à une vilaine demi-soeur : elle se vante d'aller à la danse de l'école, son chat vomit sur la moquette, et elle accapare les gardes de Diane !

#32 Christine face au problème de Susanne

Même Christine ne peut déchiffrer les secrets de Susanne, une petite fille autistique qu'elle garde régulièrement. Christine réussira-t-elle à relever le défi qu'elle s'est lancé : transformer Susanne pour qu'elle reste à Nouville ?

#33 Claudia fait des recherches

Tout le monde sait que Claudia et sa soeur sont aussi différentes que le jour et la nuit. En ouvrant l'album de photos de famille, Claudia constate qu'il n'y a pas beaucoup de photos d'elle toute petite. Et Claudia a beau chercher son certificat de naissance et l'annonce de sa naissance dans de vieux journaux, elle ne trouve rien. Claudia Kishi est-elle vraiment ce qu'elle croit être ? Ou a-t-elle été… adoptée ?

ACHEVÉ D'IMPRIMER
EN SEPTEMBRE **1993**
SUR LES PRESSES DE
PAYETTE & SIMMS INC.
À SAINT-LAMBERT, P.Q.